1/23
$2—

D1206751

Sexe, pot et politique

De la même auteure

Demain, il sera trop tard, mon fils, Stanké, 2014.
Comprendre l'Afrique du Sud, Ulysse, 2011.
Encore un pont à traverser, Éditions Libre Expression, 2010.
Notre Afrique, Éditions Libre Expression, 2006; coll. « 10 sur 10 », 2010.
Eva, Éditions Libre Expression, 2005; coll. « 10 sur 10 », 2008.
Mon Afrique, Éditions Libre Expression 2001; coll. Zénith, 2004; coll. « 10 sur 10 », 2009.

LUCIE PAGÉ

Sexe, pot et politique

Libre  Expression

Une société de Québecor Média

Catalogage avant publication de Bibliothèque et Archives nationales du Québec et
Bibliothèque et Archives Canada

Pagé, Lucie, 1961-
Sexe, pot et politique
ISBN 978-2-7648-1153-5
I. Titre.
PS8631.A335S49 2016   C843'.6   C2016-941023-4
PS9631.A335S49 2016

Édition : Johanne Guay
Révision et correction : Isabelle Lalonde, Sabine Cerboni
Couverture et mise en pages : Axel Perez de León
Photo de l'auteure : Julien Faugère

Cet ouvrage est une œuvre de fiction ; toute ressemblance avec des personnes réelles
n'est que pure coïncidence.

Remerciements
Nous remercions le Conseil des Arts du Canada et la Société de développement des
entreprises culturelles du Québec (SODEC) du soutien accordé à notre programme
de publication.
Gouvernement du Québec – Programme de crédit d'impôt pour l'édition de livres –
gestion SODEC.

Financé par le
gouvernement | Canadä
du Canada

Les Éditions Libre Expression
Groupe Librex inc.
Une société de Québecor Média
La Tourelle
1055, boul. René-Lévesque Est
Bureau 300
Montréal (Québec) H2L 4S5
Tél. : 514 849-5259
Téléc. : 514 849-1388
www.edlibreexpression.com

Dépôt légal – Bibliothèque et Archives nationales du Québec et Bibliothèque et Archives
Canada, 2016

ISBN : 978-2-7648-1153-5

Distribution au Canada   **Diffusion hors Canada**
Messageries ADP inc.   Interforum
2315, rue de la Province   Immeuble Paryseine
Longueuil (Québec) J4G 1G4   3, allée de la Seine
Tél. : 450 640-1234   F-94854 Ivry-sur-Seine Cedex
Sans frais : 1 800 771-3022   Tél. : 33 (0)1 49 59 10 10
www.messageries-adp.com   www.interforum.fr

« En politique, une absurdité
n'est pas un obstacle. »

Napoléon Ier

1

LA BONNE NOUVELLE

— Mon téléphone vibre, Lilly. J'ai les mains dans la farine.

Elle pige dans le creux de mes seins et en sort mon petit cellulaire.

— C'est Robert, dit-elle.

— Réponds, le temps que je me lave les mains.

Elle déplie mon cellulaire.

— Bonjour, Robert, c'est Lilliane. Joséphine a les deux mains dans la pâte et...

Elle pose l'appareil sur sa poitrine.

— Vite! Il dit que c'est urgent!

Mon cœur fait un bond. J'agrippe le téléphone, les mains enduites de pâte mouillée. Et si c'étaient les enfants? Ou Robert? Dernièrement, je trouve mon mari très préoccupé, nerveux même. Pourtant, il dit que ça va bien à son travail malgré la crise financière qui balaie les continents. Sauf qu'il occupe la place la moins enviable qui soit : directeur de la plus grosse banque du pays. Mais Robert maintient le cap. *Pas de souci, ma chérie.* Il me le répète chaque fois que je fais une remarque au sujet de l'actualité. Il est parti en bas de l'échelle. En vingt-cinq ans seulement, le simple comptable qu'il était s'est taillé un succès notable dans le monde financier. Dévoué, persévérant, honnête ; c'est mon mari, ça, mon beau Bobby. Ah ! Il n'y a que moi par contre qui puisse l'appeler Bobby. Depuis qu'il est à la tête de la banque, fini les petits noms. Il exige de se faire appeler Robert. Ses amis, ceux de pêche et de chasse, ont le droit de l'appeler Bob, mais dans le bois seulement. Et moi, c'est Bobby, quand nous sommes seuls ou en famille. Et s'il veut des petits mamours, il me demande de lui souffler « Bobbyyyyy » dans le fond de l'oreille, en expirant longuement le « y » dans une traînée de souffle chaud. *Appelle-moi Bobbyyyyy.* C'est trop mignon de le voir ainsi, tendant l'oreille et plissant les yeux avec un léger trémoussement du bassin. J'adore.

Robert invite beaucoup de gens à manger à la maison. Ça me fait plaisir. Ma passion, c'est la cuisine. Mon art, c'est sa présentation. Habituellement, sa secrétaire appelle le lundi pour me donner les repas à préparer pour la semaine. Quelquefois des dîners, plus souvent des soupers, la plupart du temps officiels : des réunions avec des collègues, des rencontres avec des clients, des négociations avec des politiciens, des consultations avec des analystes. Pour certaines rencontres, il préfère l'intimité de la maison à la salle de conférences de son bureau. On ne sait jamais jusqu'où l'ennemi est prêt à aller. Avec les nouvelles technologies, il n'est pas impossible que des appareils d'écoute s'immiscent dans ses bureaux. À la maison, la discrétion est assurée, les seuls appareils d'écoute sont mes oreilles, et parfois celles de Lilly, qui nous visite souvent et vient me donner un coup de main lorsque les convives sont nombreux. Nous sommes des tombes, Lilly et moi. Robert le sait et l'apprécie. *T'es une bien bonne épouse, ma chérie.* Ça me fait tout chaud en dedans quand il dit ça. Et il le dit souvent. Je suis vraiment choyée par la vie d'avoir un si beau couple.

— Oui, Bobby. Qu'est-ce qu'il y a? Oui… oh! Le premi… Dans six heures? Oh! Mais… mais… oui… oui. Bien sûr.

Je raccroche. Je suis sans voix. Lilly s'impatiente.

— Mais quoi? Qu'est-ce qu'il y a? Parle!

— Il veut que je mette la table pour quatre. La grande table, c'est un dîner intime.

— Et puis? Pour qui?

— Le premier ministre et sa femme.

— Le premier ministre?

— Et la première dame. À 19 h 30.

— Dans six heures?

— Dans six heures!

— Des restrictions alimentaires?

— Oui! Elle est allergique aux produits laitiers, lui n'aime pas le poisson. Il raffole de l'agneau, mais elle, c'est le filet mignon qui la rend heureuse. Bobby a dit: *Rien ne doit être négligé, ce soir.* Et il a raccroché, sans dire s'il vous plaît ni merci.

Ce n'est pas dans ses habitudes, lui qui est toujours si doux avec moi.

Je réfléchis quelques instants et commence à réaliser l'ampleur de la situation.

— Lilly ! J'ai six heures pour préparer un repas impeccable ! J'ai besoin de toi !

— J'ai deux séances photo cet après-midi. Je peux en annuler une facilement. Je vais voir ce que je peux faire pour l'autre. Je tenterai de me faire remplacer. Je pourrai au moins aller chercher les ingrédients qui te manquent.

Une vague d'inquiétude s'empare de moi, comme un tsunami.

— Tu trembles, Jojo ! Respire. Tout sera impeccable, tu vas voir.

Lilly disparaît dans l'autre pièce. Elle est photojournaliste et vient souvent me voir le midi. Elle ne travaille pas trop loin, quand elle n'est pas sur la route. Je l'ai connue il y a une vingtaine d'années alors qu'elle réalisait un reportage photo sur les repas que je servais lors des grandes occasions à la banque. Je préparais tout chez moi, mais ses photos étaient si belles qu'on aurait dit que les plats sortaient tout droit d'une carte postale, et c'est d'ailleurs ce que disait l'article intitulé *Une journée avec Joséphine dans sa cuisine*. À la banque, Lilly avait même pris des photos des gens en pleine dégustation, figés comme dans un orgasme. Ça avait fait sensation, car le maire était présent et ce n'est pas souvent qu'on voit le maire jouir en public. Depuis, elle se sert fréquemment de mes plats pour illustrer ses reportages gastronomiques.

Quand elle revient, vingt minutes plus tard, les portes d'armoires sont ouvertes, l'alarme du frigo crie, six livres de recettes sont éventrés sur le comptoir et l'écran de ma tablette électronique dégouline de sueur.

— T'en es où?

— Je n'ai aucune idée. Je ne sais pas quoi faire! Des larmes jaillissent. Lilly rit.

— Je ne t'ai jamais vue comme ça, Jojo! Sans idée pour un repas pour quatre personnes?

— Le premier ministre et sa femme!

— Ce sont des êtres humains, Jojo. Pas des saints ou des dieux, bon sang.

— *Rien ne doit être négligé...* C'est ce qu'il a dit. Je ne veux vraiment pas le décevoir.

— La bonne nouvelle, c'est que je peux passer la journée à me morfondre avec toi ou à m'activer, c'est comme tu veux. Réveille-toi, Jojo! Chaque minute à angoisser en est une de moins pour te préparer.

Elle ferme tout – les armoires, les livres, le frigo, la tablette. Puis, elle décide.

— Tu as dit bœuf et agneau. Pas de poisson. Alors carpaccio de bœuf en entrée, accompagné de câpres et d'oignons rouges. Puis jarret d'agneau braisé au porto et aux abricots. Madame a son entrée, monsieur – le premier ministre, après tout – le repas principal. Je m'occupe des bouchées. Il aime les crevettes?

— On ne court pas le risque.

— Je fais donc ta recette de tartelettes aux champignons. Elles font toujours fureur ! Et comme dessert ?

— Pas de lait.

— Ta délicieuse mousse aux framboises, accompagnée de gaufrettes au chocolat. Allez, sors les accessoires et les ingrédients, qu'on bouge.

À 18 h 20, tous mes plats sont prêts. Il ne reste que quelques petits ajouts décoratifs à placer, mes « épices visuelles », comme dit Lilly, qui, elle, met la table comme s'il s'agissait de la couverture de l'année de son magazine. Ses cheveux blonds bouclés dansent sur son petit corps qui se dandine. Elle installe des fleurs du jardin autour de longues bougies bleu poudre ; elle place la coutellerie, en argent, bien sûr, les serviettes pliées en forme de fleur de lotus, les différentes coupes disposées symétriquement : la première pour le vin blanc qui accompagnera l'entrée, la deuxième pour le vin rouge, avec le plat principal, et la dernière, une coupe en cristal, pour l'eau minérale. Lilly sort son cellulaire et prend des photos.

— C'est pour la Twittosphère, dit-elle, tout à fait sérieuse.

— Hahaha, tu es très drôle. Un dîner intime… tu sais ce que ça veut dire.

— Ouais, que je ne suis pas invitée. Mais je peux au moins mettre des photos de ma belle table, dit-elle en cliquant sans arrêt sur son appareil.

— Il n'en est pas question !

— Je blague… Bon, j'y vais, va te préparer, on dirait que tu as fait un entraînement militaire dans la farine et la sauce ! Texte-moi plus tard pour me dire comment ça s'est passé !

Je la prends dans mes bras et serre mon généreux corps contre le sien.

Les invités arriveront sous peu. La maison exhale son parfum culinaire. Les cadres sont droits. L'éclairage est ajusté. Les fleurs sont agencées. Je suis prête. Ne reste qu'à mettre mon rouge à lèvres. C'est comme la cerise sur le gâteau, le signal que le spectacle peut commencer. Au moment où je l'applique, la porte d'entrée tremble sous des coups répétés, ce qui me fait sursauter. Merde. Un long filet rouge tendre sur ma joue… Il va falloir que je refasse mon fond de teint. Quelques secondes s'écoulent et on frappe de nouveau à la porte, on dirait des coups de mitraillette. 19 h 5… Oui, oui, j'arrive ! Bobby a-t-il oublié ses clés ? Non, il aurait appelé. Les invités sont-ils en avance ? Impossible. J'ouvre la porte et trois hommes, des armoires à glace, entrent en soupirant sans attendre que je les invite. *Nous venons balayer*, dit le dernier. Je m'offusque. Ma demeure est impeccable ! Ils se dispersent dans la maison, ouvrent les armoires, époussettent mes ornements, mes cadres et mes lampes avec les ondes d'un petit bidule muni d'un détecteur. Je cours à la cuisine lorsque j'en vois un y entrer comme s'il se trouvait chez lui. Il ouvre le garde-manger et même mon frigo! Sans me regarder, sans s'excuser. Ils ont le droit, paraît-il. Mais ne pourraient-ils pas exécuter leurs tâches avec un sourire, un peu de manières? *C'est la loi, madame. La vie de notre chef du gouvernement est entre nos mains.* L'un d'eux soulève le couvercle de mon plat d'agneau, y met le nez un peu trop près à mon goût, puis le referme sans façon, laissant sûrement quelques égratignures sur mon chaudron en grès du Maroc. Je grince des dents. Il scrute les assiettes d'entrée de bœuf carpaccio et s'arrête au plateau de bouchées aux champignons. Il en prend une et l'avale tout rond! *Pas si mal,* laisse-t-il tomber en s'essuyant la bouche du revers de la main. Quel impudent! Je proteste avec les quelques gouttes de politesse qu'il me reste dans le corps. *On a le droit. C'est la loi.* Les trois effrontés montent à l'étage. J'entends les portes-miroirs des garde-robes glisser sur leurs rails. Bang! Sans façon.

Robert arrive. Je lui dis qu'il y a trois hommes en haut qui sont en train de redécorer la maison. *Les services secrets, ma chérie, c'est la loi.* Il monte les rejoindre. Les quatre hommes redescendent quelques minutes plus tard. Robert sourit. L'un d'eux parle dans un petit bouton qui dépasse de sa manche de veston. *Balayage complet. Le renard peut rôder.* Ils repartent sans dire merci, sans sourire. De vrais effrontés! Je le répète trois fois. Robert s'offusque. *Ils font leur travail!* Je respire profondément. Me force à sourire. Ce n'est pas le moment de faire une scène. Je lui flatte la joue, lui dis gentiment qu'un petit coup de rasoir serait approprié, son ensemble vert foncé aussi, avec la cravate dorée. Puis je vais me poudrer. Bobby monte se changer.

J'admets que je ressens un peu le trac, comme si j'allais parler devant une foule. Devant le miroir, une dame me toise. J'évite son regard. J'ajoute un peu de fixateur sur mes cheveux blonds, qui restent en place de toute façon tant ils sont épais. Mais j'ai une mèche parfois rebelle qui tombe sur mon front. J'ajoute deux gouttes de parfum sur mes poignets, que je frotte ensemble. La dame me jette un coup d'œil. Je lui souris. Elle prend des rides, juste là, sur le côté des yeux et sur le haut de la lèvre supérieure. Le sourire fait disparaître les rides de la lèvre, mais accentue celles des yeux. Hummm... J'ajuste mon tailleur de tweed cendré aux bordures charbon et centre mon collier de perles grises. Indémodable. Je suis prête. Les mots de Lilly me résonnent dans la tête : « Ce sont des êtres humains, Jojo. Pas des saints ou des dieux, bon sang. » J'ai rencontré bien des gens, servi des masses de bouches fines et sucré des océans d'ego amers. Mais le vieux renard et sa dame, jamais.

On sonne à la porte avec vingt-deux minutes de retard. Robert m'explique qu'arriver à l'heure dans une telle circonstance, c'est-à-dire pour un souper non inscrit dans les registres officiels, ne se fait pas pour un premier ministre, car cela indiquerait un agenda libre de tout ennui. On sait bien que les premiers ministres ont toujours des tracas. Mais arriver très en retard, au-delà de quarante-cinq minutes, indique que les ennuis sont plus importants que l'hôte qu'il visite. Je lui fais remarquer que lui-même n'arrive jamais en retard à ses rendez-vous, même non officiels, et que c'est même une règle très stricte qu'il a inculquée à nos fils, que cela dénote du respect et sculpte la réputation. *Mais voyons, Joséphine, en politique, le temps est un outil, et parfois aussi une arme. Vingt-deux minutes, c'est bon signe,* dit-il en ajustant son veston. Je me place un mètre derrière Robert et j'affiche un sourire qui tient comme si je l'avais, lui aussi, enduit de fixateur. Robert ouvre la porte.

Il faut quelques secondes à mon cerveau pour transformer l'image de ce couple que je vois dans les médias en êtres humains, en chair et en os, qui bougent et qui parlent. Il y a toujours un petit délai d'ajustement. Les deux hommes se donnent une accolade. Je ne savais pas qu'ils en étaient là dans leur relation. La première dame s'avance.

— Appelez-moi Line, dit-elle.

— Et moi, c'est Joséphine. Je suis enchantée, madame Line.

Mon école de bonne épouse, c'est avec ces dames que je l'ai faite : des femmes de chefs d'entreprise, des femmes de ministres, des femmes de directeurs de banque. Les manières, le langage du corps, le répertoire de mots-clés, les questions à poser et l'ordre des sujets de discussion sont un apprentissage de longue haleine. Parfois, mais très rarement, j'ai accueilli des femmes chefs d'entreprise. La dynamique est différente alors. Les sujets de conversation aussi. Mais jamais de femme qui dirigeait une banque. Je me suis toujours demandé pourquoi.

Lorsque le premier ministre me serre la main, il continue de parler à Robert et garde ma main ainsi dans la sienne en terminant sa phrase. Il est un peu plus grand que mon mari, environ un mètre quatre-vingt-cinq, je dirais, les cheveux blancs coupés court, peignés sur le côté. Ses yeux, d'un bleu azur, sont surmontés de minces sourcils blancs, comme s'il se les épilait, ce qui lui donne une allure un peu féminine. Finalement, il me regarde, baisse la tête, s'incline légèrement et prononce les mots conventionnels. *Alors, c'est vous le secret de son succès.* J'incline la tête, le remercie et lui dis que nous sommes fort enchantés de le recevoir dans notre humble demeure. Il garde longuement ma main dans la sienne en me complimentant sur ma nourriture qu'il n'a encore jamais goûtée, *une légende culinaire,* dit-il. Il me félicite d'être une si bonne épouse pour mon mari. *Nous avons besoin d'un homme fort et en santé, et je connais trop bien votre rôle.*

— Oui, moi aussi je le veux fort et en santé !

Je fais un petit clin d'œil à Bobby. Il sourit imperceptiblement.

Nous nous installons dans le salon pour l'apéritif et les bouchées. La première dame et moi occupons le même sofa, alors que le vieux renard et Robert prennent les deux grands fauteuils séparés par une petite table ronde en bois verni. Madame Line encense ma maison, les décors, les tableaux.

— C'est très chaleureux, vous avez du goût, dit-elle en balayant la pièce du regard.

Je lui parle de la provenance de certains objets tout en admirant son ensemble bleu marine, une jupe ample, finement plissée, qui descend un peu plus bas que les genoux, avec veston assorti. Les manches de sa délicate blouse blanche dépassent d'un centimètre de son veston. C'est joli. Ses cheveux brun foncé tombent sur ses épaules, à la Jackie Kennedy, et adoucissent son visage un peu sévère, surtout à cause de ses yeux noisette parfaitement ronds qui sont enfouis dans des orbites creuses. Je ne la qualifierais pas de belle femme, mais certainement de remarquable. Elle est posée et tous ses gestes semblent mesurés, de la façon dont elle prend une bouchée de son amuse-gueule à celle dont elle tient son verre. Je suis déjà impressionnée.

Nous passons ensuite à la grande salle à manger. Robert et moi occupons le bout de la large table à vingt et plaçons chacun son convive à côté de soi. La conversation à quatre durera le temps de l'entrée. Le plat principal sera réservé pour les conversations privées. Je m'occuperai de la première dame alors que Robert fera son devoir de banquier notable et s'entretiendra avec le vieux renard.

C'est une danse. Servir les plats et ne pas interrompre la conversation. Trouver la pause appropriée, s'excuser, aller chercher le prochain plat. Courir comme une poule sans tête dans la cuisine, puis ressortir calme et posée. De la gymnastique au ballet avec les invités.

Toujours poser les questions en premier. S'intéresser à l'autre. Je sais qu'elle a deux enfants. Tout le monde le sait. Elle me pose des questions au sujet des miens. Oui, oui, ils sont partis de la maison. Samuel, vingt-sept ans, termine un doctorat. Il a une femme stable dans sa vie. Il prend l'avion tous les trois mois pour passer une fin de semaine avec nous. Frédéric a vingt-trois ans. Il habite tout près. Oui, je le vois souvent. Il travaille dans une boîte de production, il est musicien et étudie la comptabilité. Mais je change rapidement de sujet en lui posant des questions sur les talents de musique de ses enfants. Je sais que l'un d'eux joue de la clarinette. Il vaut mieux ne pas m'attarder sur Freddy. Si c'est vrai qu'il travaille, c'est à la pige, comme remplaçant lorsqu'il manque un monteur de son. Si c'est vrai qu'il est musicien, je ne lui dis pas qu'il joue la nuit, tous les samedis, dans une taverne du bas de la ville. Si c'est vrai qu'il étudie, je ne veux pas lui avouer qu'il a échoué à la moitié de ses cours et qu'il n'étudie plus qu'à temps partiel. Il n'aime pas la comptabilité, mais Robert a insisté. *Ce n'est pas vrai que je vais me retrouver avec un fils qui gratte des cordes comme métier, surtout pas dans un bar de danseuses nues!* Il avait crié. *Il aura un diplôme res-pectable!* « Mais ce n'est pas un bar de danseuses nues, lui avais-je précisé. C'est une taverne. » *C'est dans le même quartier et c'est la même clientèle!* Non, vaut mieux ne pas m'attarder sur Frédéric.

C'est l'heure du dessert. Robert fait tinter sa coupe avec une petite cuiller. Nous cessons de parler. Le premier ministre me regarde dans les yeux, comme un renard affamé. Un frisson me tra-verse le corps. Robert me remercie pour le succu-lent repas et lève son verre à mes talents, ce qui me fait toujours chaud au cœur. Il porte toujours une attention à mon rôle dans ses succès. Puis, il nous indique qu'il se retire avec le premier ministre pour un moment et qu'ils viendront nous rejoindre plus tard au salon pour le dessert. Au même moment, les cellulaires des deux hommes émettent le même son: celui d'un texto. Le vieux renard est le premier à fouiller dans sa poche de veston pour en tirer son téléphone. Il presse un bouton, y jette un coup d'œil qui dure à peine une seconde et le range. Robert hoche la tête subtilement. Je connais cet air, celui qu'il affiche lorsqu'il reçoit une mauvaise nouvelle. Les deux hommes se lèvent et quittent la pièce précipitamment. Je suis perplexe.

— Madame Line, dis-je d'une petite voix, je croyais que les chefs d'État n'avaient pas droit à un cellulaire?

— Ah! mais personne ne le sait!

Puis, avec un sourire protocolaire, presque niais, la première dame contemple les assiettes sur la table, prend une gorgée de vin et me demande où se trouvent les domestiques.

— Je me suis toujours débrouillée seule. Ma vie se passe dans cette maison. Et qui plus est, les enfants sont partis.

Je me lève et l'invite au salon.

— Je ne sais pas comment vous faites.

— Comment je fais quoi ?

— Gérer une maison sans aide !

— Vous l'avez sûrement fait à un moment donné ?

— Ah non ! Mon mari a toujours été en politique !

Elle regarde de nouveau la vaisselle sur la table.

— Allez-vous ramasser ça vous-même ?

— Ce n'est rien !

— Et tout laver vous-même ?

— Non, j'ai un lave-vaisselle.

— Fiou ! Vous m'avez fait peur. Je croyais avoir affaire à une granola ! Hahahaha !

Elle se trouve drôle. Et elle ajoute :

— Les banquiers chez qui nous allons ont tous des serviteurs.

— Robert me l'a souvent offert, mais j'ai toujours refusé. Certains voient le travail de femme de maison comme un complément à la «vraie vie», dis-je en indiquant les guillemets avec mes doigts. Mais moi, c'est ma vraie vie et j'adore ce que je fais. Ma maison, c'est mon palais. C'est ma passion.

Madame Line me regarde comme si je venais de lui exposer une grande thèse philosophique.

— Et votre mari vous laisse faire?

— Madame Line, mon mari tient à mon bonheur. Il sait que mon travail me rend heureuse et, de plus, il comprend son importance. Il n'aurait pas pu accomplir le quart de ce qu'il a fait dans sa vie professionnelle si je n'avais pas été là pour l'appuyer. Et il me le répète souvent. Vous savez, un travail qui rend une personne heureuse est une noble occupation. C'est ce qu'il dit.

Elle avale le reste de son vin d'un trait et dépose lourdement le verre sur la table.

— Allez, Joséphine, montrez-moi comment on fait!

Elle prend une assiette et la met dans une autre. Et elle répète:

— Il est très rare que j'aille manger quelque part où il n'y a pas de domestiques.

— Mais voyons, madame Line! Ne faites pas ça! Je vais…

— Ça me fait plaisir, Joséphine.

— Mais voyons, une première dame ne ramasse pas les assiettes!

— J'insiste. Mais ce n'est qu'une excuse pour voir votre cuisine. J'en ai tellement entendu parler!

Nous passons «à mon bureau», comme je dis, et madame Line fait des «oh!» et des «ah!» en faisant le tour, touchant du bout des doigts mon comptoir, le bois de mes portes d'armoires, le chrome de mon réfrigérateur.

— C'est une autre vie, n'est-ce pas?

— Pardon ?

— Votre vie se passe dans cette cuisine. C'est une autre vie !

— Eh bien, c'est la mienne et je l'aime beaucoup.

— C'est difficile à comprendre, je dois l'avouer.

Elle voit une bouteille de vin sur le comptoir et me demande si on peut l'ouvrir.

— Mais bien sûr !

Je prends le tire-bouchon et l'enfonce dans le goulot.

— Et vous savez même ouvrir une bouteille ! Vous m'impressionnez, chère Joséphine !

Je la toise, ne sachant trop si elle est sérieuse ou non. Elle s'avance, remplit son verre de vin et en prend une bonne gorgée.

— Parlez-moi donc de votre cuisine, chère Joséphine.

Elle hoquette, rit et s'appuie contre le comptoir. Elle me pose des questions et, à chaque réponse, elle s'approche de moi. Elle est même très chaleureuse. Elle zieute mes seins et je mets machinalement la main sur ma généreuse poitrine.

— Ah ! Je suis désolée si je vous ai offusquée !

Elle s'esclaffe, me prend le bras et s'approche de mon oreille. Son souffle sent l'alcool.

— Je crois que nous allons bien nous entendre, Joséphine…

Je reste muette, ne sachant trop ce que cette affirmation implique. J'entends les hommes revenir et lui dis que nous devrions passer au salon.

— Bien sûr. Viens, ma petite, je vais t'aider à apporter les choses.

Elle attrape la bouteille de vin et sort de la cuisine. Je commence à la trouver un peu trop familière. Je crois que je préfère l'image que les médias transmettent d'elle.

Les deux hommes rient et se tapent dans le dos. Le premier ministre se racle la gorge, regarde sa montre et fait un signe à Robert. *J'espère que vous reviendrez avec le champagne.* Robert me tend la main et m'emmène à la cuisine.

Je le connais lorsqu'il est nerveux ainsi. Il ne cesse de jouer avec son jonc de mariage, en le tournant d'un côté puis de l'autre, tirant dessus et le repoussant au creux de son doigt. Robert devient Bobby, les yeux tout doux. Il me flatte les joues puis me dit qu'il y aura un remaniement ministériel. Il me demande si je sais quel est le plus important ministère au gouvernement. Je lui réponds que c'est évident, c'est celui de l'Éducation. *Sois sérieuse, Jojo. C'est celui des Finances, bien sûr. Et le vieux renard vient de m'offrir le poste !* Il ne manque que mon accord. Robert m'assure qu'on n'aura pas besoin de déménager, qu'on gardera aussi le même cercle d'amis. Et que cela n'implique que de belles choses. *Et on pourra même rénover ton environnement de travail !* Il étend le bras et balaie la place avec celui-ci en tournant sur lui-même. Tout fier. *Elle pourra être deux fois plus grande !*

— Mais elle est parfaite, ma cuisine !

Eh bien, elle sera plus que parfaite! Je l'assure que je n'ai pas besoin de ça, mais il explique qu'ils nous donnent le budget de toute façon. Je lui demande qui sont ces «ils» qui nous donnent l'argent. Il ne m'entend pas, dit qu'on pourra même changer les appareils électroménagers. Je lui demande si on parle de rénovations de cuisine ou du ministère le plus important du pays. *Tu dis des choses bien ridicules, ma belle Jojo.* Bien sûr que j'accepte, mon beau Bobby. Mais pour les rénovations, on en reparlera.

J'ai été touchée que les deux hommes attendent de me consulter avant d'annoncer la nouvelle. Je me demande toutefois ce qu'il en aurait été si je n'avais pas été d'accord... Non, je n'aurais jamais refusé une telle promotion, une telle occasion de faire les vraies choses, de bien servir le peuple. Quelle noble cause! Je suis si fière de mon beau Bobby.

Nous terminons la soirée au champagne, sur un ton nettement plus détendu. Madame Line a beaucoup bu, trop même, et son mari semble s'inquiéter. Elle est collée sur moi, me serre la cuisse, le bras, en me racontant des histoires qui perdent de plus en plus leurs points et leurs virgules. Je suis déçue. La première dame a brisé une des règles sacrées du protocole: garder sa tête. Elle a perdu le cap. Le vieux renard s'impatiente. Moi, je suis désillusionnée. Jamais cela ne m'arrivera. Je me le jure.

Lorsqu'ils partent, Robert me prend dans ses bras et me chuchote à l'oreille: *Appelle-moi Bobbyyyyyy...* Mon devoir d'épouse ministérielle commence dès ce soir.

2

LA NOUVELLE COUPE

C'est le bordel dans la cuisine. Les grandes toiles de plastique épaisses sont censées nous protéger de la poussière. Je dis à Lilly que je n'ai plus besoin d'enfariner mon comptoir pour rouler ma pâte.

— Elle était parfaite avant, remarque-t-elle.

— Je le sais. Désormais, elle sera *plus que parfaite*. J'étais très bien dans ma cuisine, mais Robert a insisté. L'argent est disponible pour les nouveaux ministres. *Aussi bien en profiter*, a-t-il dit. *Sinon, les fonds serviraient à des choses inutiles.* Alors, bien sûr, j'ai accepté, car j'ai confiance en Robert, lui qui a toujours été très rigoureux avec l'argent. *C'est un outil qu'il faut utiliser intelligemment.* Nous avons même deux sections dans la dépense : une pour les aliments destinés à la famille, l'autre, plus imposante et diversifiée, pour les repas officiels, et pour lesquels Robert est remboursé. Il a toujours avancé que cela coûtait bien moins cher d'accueillir les invités à la maison plutôt qu'au restaurant. Ces dépenses ont toujours été non seulement approuvées, mais appréciées, et même citées en exemple au conseil d'administration de la banque où il travaillait. Le même principe sera maintenant appliqué.

— Je croyais que tu avais dit que nous étions huit pour souper. Il semble y avoir assez de nourriture pour le double ici! s'exclame Lilly, les yeux braqués sur la montagne de viande.

— Ah! C'est le maire qui vient souper. Il mange pour quatre. Il sera avec sa fille et sa femme, qui, elle, paraît-il, mange pour deux.

— Il vient avec sa femme? Elle ne sort jamais!

— Je sais, mais Gertrude l'accompagne ce soir.

— Gertrude? Je croyais qu'elle s'appelait Rachel.

— Eh bien, c'est ce qui est écrit sur ma liste.

Je sors le bout de papier et je vérifie.

— C'est bien cela: Gertrude.

— Il ne me semble pas qu'il ait divorcé…

Lilly reste pensive quelques instants.

— Enfin. Mais ils aiment la viande, à ce que je vois.

— Oui, de vrais carnivores. Et aucune restriction alimentaire!

— Ça lui ferait pourtant du bien d'avoir quelques restrictions. Il doit bien peser deux cents kilos…

— Cent quatre-vingt-seize…

— C'est un gros tas de viande…

— Lilly! Voyons donc!

— Je parle de celui qui est sur le comptoir!

Lilly peut parfois être cinglante. Cela m'énerve un peu.

— Qui d'autre sera là ? demande-t-elle.

— Le président du conseil d'administration de la télévision et de la radio publiques, celui qu'on appelle « le chef des médias ».

— Pas le grand Barré ?

— Oui ! Je sais que tu ne le portes pas dans ton cœur.

— Non, Jojo, c'est juste celui qui a mis le tiers des employés à la porte ! Mais pourquoi le grand Barré ? Mon chef de presse dans le privé aurait été bien mieux. Barré n'a pas de principes. Un peu comme notre maire, d'ailleurs…

Je fais semblant de ne pas entendre ses remarques. Lilly est trop directe. Elle ne survivrait jamais en politique, surtout pas en tant qu'épouse.

— Le chef des médias vient-il avec une femme ? demande-t-elle.

— Non, il est entre deux, paraît-il. Ah ! Et Frédéric sera des nôtres ! C'est même Bobby qui a demandé qu'il se joigne à nous.

— C'est vrai ? Je croyais qu'il voulait éviter d'avoir Freddy pour de tels soupers.

— C'est que la fille du maire sera là. Elle a vingt ans. Je ne la connais pas, sauf ce qu'on en dit dans les médias.

Bobby cherche à tout prix à mettre du plomb dans la tête de notre fils. Fanny, fille du maire et, qui plus est, filleule d'un policier, commence l'université bientôt. Elle avait pris un congé d'école puis a décidé de s'y remettre. Maintenant que nous faisons partie de la haute société, Bobby est convaincu que Freddy ira mieux s'il se mêle à ses pairs. Il compte sur Fanny pour nous aider à le ramener sur le bon chemin.

— Ouais, il paraît qu'elle a un tatouage maintenant, lance Lilly, toute souriante.

— Quoi ? Je n'ai pas eu cette information ! Tu es certaine ? C'est quoi ? Il est où ?

— C'était dans le journal à potins l'autre jour. On y voyait une photo de son dos. Deux mots : *carpe diem*, tatoués sur le haut de son dos, entre ses épaules.

— Un journal à potins… Lilly ! Tu es la première à me dire de ne pas croire ce qu'on y trouve.

— Oui, mais tu sais comment c'est : l'être humain adore les potins. Qu'ils soient vrais ou non, on s'en fout !

— N'en souffle pas un mot à Bobby !

— Mais il doit être au courant, Jojo ! Il a une armée qui le nourrit en information, maintenant.

— Il ne sait toujours pas que tu es lesbienne.

— Ou peut-être fait-il semblant de ne pas le savoir. Quand t'a-t-il demandé si j'avais quelqu'un dans ma vie ?

— Hummm… Une fois seulement, il y a vingt ans…

— Et depuis, plus rien. De toute façon, il ne s'intéresse pas à moi.

— Mais voyons, Lilly !

— C'est vrai !

— Il doit s'intéresser à toi puisqu'il t'a invitée pour souper ce soir.

— Joséphine…

Oups, quand elle m'appelle Joséphine, c'est que ma comédie n'a pas passé le test.

— Nous savons très bien toutes les deux que Robert n'aime pas qu'il y ait un nombre impair de convives autour de la table. Combien de fois ai-je bouclé la paire ?

Sur ce, la grande toile de plastique se soulève et Lilly sursaute. En émerge un bel homme noir, si foncé qu'un reflet bleu se pose sur sa joue le temps qu'il traverse le rayon de lumière devant la fenêtre. Lilly reste bouche bée.

— Ah ! Lilly, voici Mamadou !

Mamadou dépose le panier de linge sale et tend la main à Lilly. Dans la jeune quarantaine, Mamadou est toujours frais rasé et sent bon ; il me rappelle les publicités de parfum, avec ces beaux hommes musclés. Mamadou sourit toujours et finit chaque phrase par « madame ». *Oui, madame. Bien sûr, madame. Je peux repasser vos blouses, madame. Il n'y a plus de détergent, madame. Un café, madame ?*

— Mamadou, je vous présente mon amie, que vous verrez souvent, soit dit en passant. Voici Lilly.

Bonjour, madame. Je suis enchanté de faire votre connaissance, madame.

Sa voix est profonde. Il ferait un baryton dans une chorale. Lilly est séduite. Comme je l'ai été.

— Et lorsque vous en aurez ras le bol de me voir, vous n'aurez qu'à me jeter dans la laveuse avec le reste du linge sale, dit Lilly en secouant sa main.

Je ne ferais jamais cela, madame.

Lilly s'esclaffe. Mamadou sourit poliment.

— Oh, il est sérieux! chuchote Lilly aussitôt que Mamadou est sorti de la cuisine.

— *Rien ne changera*, avait dit Robert. Mais il avait omis de parler des deux aides.

— Deux? Il y en a un autre?

— «Une» autre. Mamadou est notre domestique. Il vient de la Côte d'Ivoire. Ping est mon aide-cuisinière. Elle est africaine, mais d'origine chinoise, de l'île Maurice. Elle fait de la sculpture avec les fruits et les légumes. Tu devrais voir ses œuvres!

— Ah! Les photos que ça fera!

Lilly reste pensive quelques instants.

— Mais pourquoi ne pas avoir engagé des gens de notre pays?

— J'ai posé la même question à Robert. Ça coûte trop cher. Et puis, eux autres, ils travaillent fort.

— Eux autres?

Robert m'avait tout expliqué. Les Africains, avait-il dit, sont contents, *eux autres*, quand ils ont un emploi.

— Ils envoient leur argent en Afrique et font vivre beaucoup de personnes. Ils connaissent la valeur de l'argent. Et de l'effort. Et ça ne les dérange pas d'être loin de leur famille.

— Mais voyons, Jojo. Pourquoi ça ne les dérangerait pas?

— Ils sont habitués.

Et le réseau des ambassades se partage un personnel très utile. Il y a eu un roulement avantageux récemment.

Lilly entend la porte de garage s'ouvrir.

— C'est Ping. Elle fait les courses aussi.

— Je ne sais pas comment tu fais pour vivre avec d'autres gens dans ta maison. Je ne pourrais pas, moi.

— C'est ce que je croyais, mais j'ai gagné quelques heures par jour, surtout en ce qui concerne le ménage ! Je n'ai plus besoin d'épousseter. C'est Mamadou qui s'occupe de tout ça.

— Mais tu n'auras plus rien à faire !

— Ne t'inquiète pas. Depuis que Robert est devenu ministre, non seulement j'ai de plus gros repas à préparer, mais il me demande de l'appeler Bobby presque tous les soirs !

Lilly éclate de rire.

— Qu'est-ce qui lui prend ?

— Il dit que le pouvoir l'enivre. Il en avale toute la journée et, lorsqu'il arrive le soir, il dit que son machin est plein et que c'est par là que ça sort.

— Pauvre Jojo !

— Ah ! Je ne me plains pas ! Après vingt-neuf ans de mariage, ça me rassure ! Mais parfois, je fais semblant... Il le mérite. Il travaille si fort.

Ping entre dans la cuisine les bras pleins de sacs.

— Bonjour, madame.

— Ah ! Bonjour, Ping. Venez que je vous présente mon amie Lilly.

Ping est svelte et ses longs cheveux noirs, qu'elle attache en chignon lorsqu'elle travaille dans la cuisine, tombent jusqu'à sa taille. Sa peau est lisse, son visage, sans rides. Elle pourrait avoir vingt comme trente-cinq ans, mais l'expérience d'une certaine vie s'inscrit dans ses gestes posés.

— Ping a été aide-cuisinière pour plusieurs ambassadeurs avant de travailler dans la cuisine du premier ministre lui-même.

— Ah! Et pourquoi être partie de là? demande Lilly, surprise.

Ping me regarde, me suppliant du regard de répondre à sa place.

— C'est elle qui a demandé à changer. Semble-t-il que ce n'est pas facile de travailler pour la première dame. Et je n'ai aucun problème à la croire.

— En tout cas, si tu deviens première dame un jour, tu es aussi bien de rester fine! lance Lilly.

— Je compterai sur toi pour t'en assurer!

Ping sourit, sort les légumes et commence son art. Lilly se joint à elle, et les deux se mettent à placoter comme si elles se connaissaient depuis belle lurette et ne s'étaient pas vues depuis des lunes.

Deux heures plus tard, alors que tout est presque prêt, Frédéric arrive, la guitare sur l'épaule.

— Ah! mon beau Freddy! s'exclame Lilly. Comme tes cheveux ont poussé!

Il la serre dans ses longs bras.

— Freddy! je m'écrie, heureuse de le voir mais surtout surprise par ses longs cheveux ébouriffés.

Il me sourit et me prend dans ses bras à mon tour. Il sent la fumée de cigarette.

— Tes cheveux ! On dirait que tu ne les as pas peignés depuis deux semaines !

Il secoue sa tête un peu, retire l'élastique rose d'autour de son poignet, prend sa grosse tignasse châtaine bouclée et l'attache.

— Que ça te va bien ! dit Lilly. N'est-ce pas, Jojo ?

Je l'examine. Depuis quelques mois, je m'attends à ce qu'il passe chez le coiffeur. Mais non. Mon grand Freddy... C'est vrai qu'il est beau avec sa queue de cheval. Cela dégage son visage, accentue ses pommettes saillantes et sa fossette mentonnière ; son nez presque aquilin, qu'il tient de son père, paraît plus long sans les boucles qui tombent habituellement sur son front et dans ses yeux.

— Ton père n'approuvera pas, tu le sais.

Il hausse les épaules. Il n'a pas vu son père depuis plus de trois mois.

— Tu ne veux pas que Ping te fasse une belle coupe ? C'est une grande artiste qui fait des miracles avec tout ce qui s'apparente à une lame !

Ping sourit et fait un signe de ciseaux avec ses doigts. Freddy lui répond avec un signe du doigt qui tranche la gorge. Les deux rient. Frédéric sort dans le jardin avec sa guitare.

— Ils se sont rencontrés la semaine passée, dis-je à Lilly, et Ping lui avait offert de les couper.

— Il semble préoccupé, remarque Lilly.

— C'est toujours comme ça lorsqu'il vient manger quand son père est là. Je ne lui ai pas donné le choix pour ce soir. J'espère tout simplement qu'il n'y aura pas d'éruption volcanique ! Il m'a promis de faire attention.

Au même moment, Robert entre dans la cuisine.

— Bobby ! dis-je, toute souriante.

Il me réprimande devant Lilly et Ping. *Je t'ai dit de ne plus m'appeler ainsi devant les gens !* Je lui demande pardon et lui signale que Freddy est arrivé. Il me réprimande encore. *C'est Frédéric et non Freddy ! C'est Joséphine et non Jojo ! C'est Lilliane et non Lilly !* Il s'emporte. Il est moins patient depuis qu'il est politicien. Il travaille beaucoup, en porte trop sur les épaules. *Et ce ne sera pas Ping. Ce n'est pas un nom, ça, «Ping» ! Quel est son vrai nom ?* Il parle devant elle comme si elle n'était pas là.

— Je m'appelle Ping Li, monsieur le ministre.

Il la regarde enfin, répète son nom avec l'air de quelqu'un qui mord à pleines dents dans un citron. *Ping Li ?* dit-il, incrédule, puis il se retourne. *Trouvez-lui un autre nom ! On est en Occident ici ; on est civilisés !*

Lorsqu'il sort de la cuisine, je rassure Ping.

— Il est dans une de ses humeurs. Ne soyez pas offusquée.

En fait, c'est moi qui suis offusquée. Je n'ai jamais vu Robert péter les plombs devant les autres. C'est vrai que la politique ronge les nerfs. Je lui parlerai. Il ne faut vraiment pas qu'il s'emporte ainsi. Et puis, Ping, c'est un beau nom, je trouve. Original, en tout cas.

— Je m'appelle Ping, madame.

— Avez-vous un autre nom ?

— Non, madame. Ping, c'est mon nom. Ce n'est pas inhabituel chez nous. En fait, Joséphine et Robert sont des noms beaucoup plus inhabituels que Ping.

Lilly intervient.

— Mademoiselle. Ce sera « mademoiselle » devant les autres. Ça vous va ?

Elle acquiesce sans sourire.

Mamadou entre dans la cuisine et annonce que les invités sont arrivés. J'entrouvre un tantinet la porte et aperçois, de dos, le maire et sa femme, déjà assis sur le sofa. Leur fille est debout et parle à Robert.

— Lilly ! Elle est bien petite, sa femme ! Elle me semblait plus grande sur les photos. Et elle porte un…

Lilly s'approche.

— Un chapeau de paille rose !

— Et elle ne l'a pas enlevé avant de s'asseoir. Décidément, je suis en retard sur les nouveaux protocoles…

— Je crois, Jojo, que c'est elle, plutôt, qui se fout un peu des règlements. Et pourquoi pas un chapeau de paille rose ? Et pourquoi ne pas le garder, si on le trouve beau et qu'on se sent belle avec ?

— Tu as raison. Gardons l'esprit ouvert.

J'ajuste mon tailleur et applique un peu de rouge à lèvres.

— C'est bon ?

— Vous êtes magnifique, madame, répond Ping, un sourire qui semble réellement authentique sur les lèvres.

— Si vous le dites. Merci, Ping. Viens, Lilly, on a un repas à chapeauter.

Lorsque j'arrive dans le salon, Robert me prend gentiment le bras et me présente *le plus grand chef des médias du pays*, M. Philippe Barré. Je lui serre la main et il insiste pour que je l'appelle Philippe.

— Eh bien, moi, c'est Joséphine, alors !

Je lui dis que je suis ravie de le rencontrer. Je lui présente Lilly.

— Voici mon amie Lilly…

Robert me donne un coup de coude dans les côtes.

— Pardon, voici mon amie Lilliane, photojournaliste au plus grand magazine de cuisine du pays, que vous connaissez peut-être, *Les Papilles gourmandes*. Allez, Lilly – un autre coup de coude dans les côtes –, allez, Lilliane, tu peux tout lui raconter.

— Bonjour, monsieur Barré. Je suis fort enchantée de…

— Appelez-moi Philippe. Je suis votre ami.

Elle me fait une grosse paire d'yeux comme si je l'avais lancée dans la fosse aux lions. Elle sortira bien ses griffes si le besoin se présente, je ne suis pas inquiète. Je souris et la laisse avec le chef des médias.

Je contourne le sofa et fais face à monsieur le maire, à qui je tends la main. Il fait mine de vouloir se lever, mais j'insiste pour qu'il reste assis. On ne déménage pas cent quatre-vingt-seize kilos si facilement. Ses yeux sont enfouis dans ses joues, sous son front plissé d'ennuis et de peau. Son cou est sûrement là, quelque part, sous ses quatre mentons. Ses cheveux blancs, épars, tiennent en place grâce à ses glandes sudoripares, continument actives. Sa peau blanche est teintée de plaques rouges ici et là, sur son visage et ses mentons. Je porte mon regard à ses côtés et ma main reste suspendue dans le vide. *Voici sa Gertrude*, dit Robert en me prenant le bras et en me présentant l'être assis à ses côtés, un immense bouledogue qui a les yeux enfouis dans les joues et un cou sûrement là, quelque part, sous ses quatre mentons. *Ma belle Gertrude me suit partout*, dit le maire en plaçant son bras autour du cou de son chien. *Et l'avantage, c'est qu'elle ne rouspète jamais!* Il s'esclaffe. Robert fait de même et, après un coup de coude dans les côtes, moi aussi.

— Et moi, c'est Fanny, dit la jeune femme derrière moi, la fille du maire.

Je me retourne et fais face à une grande fille, mince comme une échalote. Elle doit sûrement tenir de sa mère. Ses cheveux bruns sont placés un peu n'importe comment, retenus sur le dessus de la tête par une immense pince grosse comme une tarentule d'où jaillissent certaines mèches, alors que d'autres tombent, le tout ressemblant à la finale d'un feu d'artifice. Son jean est délavé et déchiré – exprès; c'est la mode, à ce qu'il paraît. Je scrute rapidement les bouts de peau qui sont visibles et je ne vois pas de tatouage.

— Je suis enchantée de vous accueillir dans ma demeure, dis-je, la main encore tremblante d'avoir rencontré la « maîtresse » du maire. Veuillez, si vous le voulez bien, aller chercher mon fils Frédéric dans le jardin. Nous nous mettrons à table sous peu.

Elle accepte avec plaisir et sort de la pièce.

Robert se lève, prononce une courte allocution de bienvenue et nous invite à passer à table. Il donne ensuite un coup de main au grand Barré pour tirer le maire du sofa. Gertrude, qui semble connaître la routine, lui donne des coups de museau dans le dos, son chapeau rose s'écrasant dans la craque des fesses du maire à chaque poussée. Barré manque de peu de tomber à la renverse en le tirant et Lilly, derrière lui, l'attrape dans ses bras. Le chef des médias la remercie, gêné. Il époussette son veston, éliminant de la poussière imaginaire, lève le menton en ajustant sa cravate et se dirige vers la table.

Frédéric arrive avec Fanny. Lorsque son père le voit avec sa tignasse bouclée attachée avec un élastique rose, il fait de gros yeux méchants et s'excuse auprès des autres pour l'allure de son fils. Le maire intervient et dit que les jeunes passent tous par là, que lui-même avait les cheveux longs à son âge. *Et regardez aujourd'hui mon succès*, dit-il, attrapant la dernière entrée sur le plateau et la gobant avant de s'asseoir.

Robert s'installe au bout de la table avec, d'un côté, le maire et sa Gertrude, et de l'autre le grand Barré. Le maire enlève le chapeau de Gertrude et lui flatte la tête en y déposant un gros bisou sonore. Lilly s'installe à mes côtés alors que Fanny et Freddy s'assoient en face de nous.

Robert fait signe à Mamadou et à Ping de servir le repas principal. *Garçon! Fille!* dit-il en claquant des doigts. Cela me fait sursauter. Pendant une demi-seconde, je n'ai pas reconnu mon mari. Robert a décidé de ne pas employer leur nom. Ping et Mamadou connaissent bien le protocole. La préséance dans les cérémonies officielles diffère de celles comme aujourd'hui, qu'on qualifierait simplement de « repas de courtoisie ». Dans ce cas, les femmes sont servies en premier, et non les invités de la haute hiérarchie. Ensuite, dans une telle circonstance, on sert les enfants, et ensuite les hommes, en commençant par le plus important, jusqu'à l'hôte du repas. Bien sûr, cela facilite les choses lorsque l'invitée de marque est une femme. Ping et Mamadou placent chacun une assiette, d'abord devant Lilly et moi, puis devant Fanny. Lorsque Mamadou place l'assiette devant Freddy, celui-ci répond, sur un ton très fort pour que son père puisse entendre : *Merci, MONSIEUR Mamadou,* en insistant sur le « monsieur ». Robert dévisage son fils et répète, plus fort : *Garçon! Servez les dames en premier!* Mamadou, déconcerté, jette un coup d'œil aux trois femmes à qui il vient de servir une assiette. Robert indique Gertrude d'un coup de menton. Mamadou m'interroge du regard et je fais signe de la tête de la servir. Qui sommes-nous pour contester les choix de partenaires de nos élus ? Ou de quiconque ? Il place l'assiette devant le boule-dogue, sous l'œil attendri de son maître. *Attends*, dit le maire. Gertrude ne bronche pas, fixant son maître dans les yeux, attendant le signal. *Elle écoute mieux que mes enfants et ma femme!* lance-t-il. Freddy braque les yeux sur Fanny, comme s'il attendait une réplique de sa part après cette insulte. Elle hausse les épaules et lui fait un clin d'œil, ce qui semble le laisser perplexe.

Mamadou place alors une assiette devant Freddy. *Merci, monsieur Mamadou*, répète-t-il en regardant son père directement dans les yeux. Je l'avertis en agitant discrètement mon index et lui fais de gros yeux à mon tour. Robert s'offusque. *Garçon! Servez les invités en premier! Les jeunes peuvent attendre!* Mamadou reprend l'assiette, toujours avec les mêmes gestes posés, toujours avec un grand sourire. *Oui, monsieur le ministre.* Il place l'assiette devant le maire, qui attend, la fourchette dans la main, les yeux gros comme ceux de sa maîtresse.

L'atmosphère se détend et les hommes dis-cutent de sujets légers, comme du match de foot qui aura lieu la semaine prochaine ; comme de la récente émission de télévision sur les salles de bain des vedettes qui fait fureur ; comme de la contro-verse entourant la nouvelle porcherie qu'un ami du maire a ouverte de l'autre côté de l'immense lac qui borde la ville. Le maire demande conseil à Robert, mais c'est le grand Barré qui répond. Il dit que tout est une question d'image. Il donne l'exemple d'une autre grande ville du pays qui est aussi aux prises avec une importante controverse. *Regardez ce qu'on a fait avec le maire là-bas.* Le chef des médias explique que, pour faire accepter l'idée de devoir verser les eaux usées dans le plus grand fleuve du pays, on a tout simplement changé l'image du problème. Le maire intervient et justifie la décision de son homologue. *La population ne comprend pas. Il n'avait pas le choix, l'autre solution était trop coûteuse pour mon ami,* explique-t-il entre deux bouchées. *Surtout qu'il voulait avoir un nouveau stade, alors il fallait bien faire des sacrifices!* Robert confirme que tous les maires du pays doivent faire attention aux budgets en ces temps incertains. Freddy fixe les trois hommes, incrédule, puis la fille du maire, assise à ses côtés. Fanny ne dit rien. Freddy se décide et lance que *c'est notre eau que vous polluez,* en montrant du doigt Fanny et lui-même, *que ce soit le lac ou le fleuve ou quelque étendue que ce soit, vous salissez notre avenir!* Le grand Barré lève la main et les sourcils. *Nous salissons votre avenir!* répète-t-il ironiquement en mimant des guillemets avec ses doigts. Il rit aux éclats. Le maire l'imite. *Ah! Les jeunes! Il faut tout leur expliquer.* Il dit que, que ce soit le fleuve ou le lac, tout aboutit dans l'océan qui, lui, est très grand, et que tout disparaîtra en quelques jours.

Freddy rouspète que rien ne disparaît et que cela affectera la vie marine et la vie humaine, ici et ailleurs. Robert est sur le point d'intervenir lorsque le grand Barré lève le bras et crie : *Garçon ! Un verre d'eau et du sel !* Le silence tombe sur l'assemblée. Mamadou place un verre d'eau et la salière devant le chef des médias. Le grand Barré verse la moitié du contenu de la petite salière dans le verre d'eau, brasse le tout avec une cuiller et attend quelques secondes. Il lève le verre, l'eau claire comme de l'eau de source tourbillonne encore quelques instants. Il demande à tous s'ils voient une différence. Fanny, qui parle pour la première fois, lui demande de la boire, maintenant. Ce à quoi il riposte : *Depuis quand boit-on l'eau des océans ?* Le maire est fasciné et s'apprête à parler, mais sa fille lui coupe la parole. « Monsieur Barré », commence-t-elle, mais celui-ci l'interrompt aussitôt. *De grâce, appelez-moi Philippe.* Fanny hésite.

— Monsieur Philippe, et si vous recommenciez votre expérience, mais en utilisant cette fois-ci du colorant rouge, par exemple ?

Il s'esclaffe et le maire l'imite. *Ah ! Ces jeunes ne comprennent vraiment rien !* dit-il en parlant de sa fille. Le grand Barré lève sa main et fait signe d'attendre. Il enlève ses lunettes, les essuie avec le bout de sa cravate, les remet sur son nez et se racle la gorge. La tablée est suspendue à ses lèvres. *Avec tout le respect que je vous dois,* dit-il en parlant de Fanny, mais en s'adressant à son père, *cela ne prend pas la tête à Papineau pour comprendre que l'exemple de votre fille ne fonctionnerait pas.* Le maire et Robert acquiescent. Puis, le maire avoue qu'il reçoit beaucoup d'appels de gens inquiets, mais affirme qu'il utilisera cet exemple, *celui avec le sel.* Il se vante ensuite de répondre à tous les citoyens, *deux cent cinquante mille appels dans la dernière décennie, n'est-ce pas, ma Gertrude?* Il se penche vers sa maîtresse, qui lui ramasse le visage d'une grosse léchée. Lilly lui demande s'il a du temps libre et ce qu'il fait pour se détendre, posant cette question plus pour alléger l'atmosphère qu'autre chose. *Je fais le lavage une fois que les enfants sont couchés. Je sépare le pâle et le foncé, et je plie le linge. J'adore. N'est-ce pas, ma Gertrude?* Une autre léchée.

Robert reprend la conversation en main et décide de parler de choses un peu plus sérieuses, comme la nécessité de rallier l'opinion publique derrière les grandes décisions que son gouvernement devra prendre dans les prochaines semaines, *nécessaires à la vie saine des citoyens, mais surtout de l'économie.* Il donne l'exemple du petit problème de la porcherie du maire. Barré opine du bonnet avec un sourire en coin. Le maire hoche la tête, la bouche pleine de pain. Gertrude lèche ses babines et les doigts de son maître de temps à autre. *Nous sommes les maîtres de l'économie et savons très bien ce qu'il faut faire pour la garder en santé.* Robert marque une pause. *Des sacrifices! Il faut que le peuple comprenne son rôle et c'est vous qui pouvez lui faire avaler la pilule, Barré.*

Freddy se racle la gorge comme s'il était sur le point d'interrompre son père. Robert le dévisage.

Et, de fait, c'est exactement ce qu'il fait. *Papa a donc décidé d'annuler les augmentations de salaire des ministres.* Le volcan! *Frédéric!* Robert est aussi rouge que les joues du maire. Barré demande si c'est vrai. Lilly s'enquiert de la satisfaction des convives sur le repas. Le maire demande son opinion à Gertrude et lui offre une autre portion de filet mignon. Ping sert plus de sauce à Robert et en renverse sur sa manche. Freddy se lève et quitte la table sans s'excuser. Robert est hors de lui. *Ne vous inquiétez pas, monsieur le ministre,* dit Barré. *C'est normal que la jeunesse pense ainsi. Les jeunes ne comprennent pas comment fonctionne le système.* Le maire acquiesce et parle la bouche pleine. *Et puis, quand ce sont nos propres enfants, ils se rebellent encore plus, n'est-ce pas, ma Gertrude?* Lilly demande à Fanny ce qu'elle en pense, mais, en guise de réponse, cette dernière dit qu'elle va rejoindre Frédéric. Elle se lève, s'excuse poliment et quitte la pièce. *Voilà une fille qui connaît les bonnes manières.* Robert ajoute qu'il espère que Fanny mettra un peu de plomb dans la tête de son fils.

Le reste du repas se déroule sans anicroche. Les hommes parlent de politique et de stratégie mais entretiennent aussi des conversations, semble-t-il, avec des convives électroniques. Robert doit s'excuser un moment pour aller *régler une affaire d'importance nationale.* Cela me rend toute fière lorsqu'il doit faire cela. Mais, en même temps, je le plains de devoir travailler si fort et de ne pas pouvoir jouir des moments de détente comme ceux-ci. Je trouve mon beau Bobby de plus en plus stressé et cela m'inquiète. Il a la mèche courte. Lilly et moi suivons poliment la conversation. Je me sens inutile soudainement, moi qui ne cessais jamais de bouger avant l'arrivée de mes domestiques. Mamadou et Ping font le service de façon impeccable. Ils n'arrêtent pas de faire des allers-retours à la cuisine et je me demande comment je faisais avant de les avoir.

À l'heure du dessert, nous passons au salon. Je prie Lilly d'aller chercher Frédéric et Fanny, qui sont partis depuis près d'une heure. Robert me souffle à l'oreille que si *mon* fils lui fait honte encore une fois, c'est fini ! Je lui demande ce qui sera fini. Avant qu'il puisse me répondre, Frédéric et Fanny entrent dans la pièce. Je reste bouche bée. Lilly lâche un petit cri avant de mettre sa main devant la bouche. Le teint cuivré de Robert devient soudainement écarlate. Il veut parler, mais aucun son ne sort de sa bouche. Le maire s'esclaffe et tape dans le dos de Gertrude puis lui prend la tête pour la diriger vers Frédéric, qui se tient debout, au milieu du salon… la tête rasée ! Il a les yeux tout rouges, comme s'il avait pleuré. Fanny a dû faire l'impossible pour le convaincre. Le sourire fendu jusqu'aux oreilles, elle lève un grand sac de plastique transparent plein de boucles de cheveux.

— Freddy !

C'est sorti tout seul. *Frédéric !* Robert a crié plus fort que moi. *Je croyais que tu serais content, papa. Tu me trouvais pouilleux,* dit-il, tout à fait sérieux. *Là, impossible d'avoir des poux!* Frédéric se tourne vers Gertrude, se penche et lui demande comment elle trouve sa nouvelle coupe, en passant la main sur son crâne nu. Elle répond avec un grognement. Je vois le sang monter au visage de Robert. Comme mon mari s'apprête à exploser, le maire s'esclaffe, félicite Fanny, devant tout le monde, d'avoir convaincu le fils de son ami d'entrer dans le monde des grands, puis affirme qu'il pourra maintenant avoir un vrai emploi. Fanny donne une poussée dans le dos de Freddy. Il se retourne avec un sourire et donne la main au maire en s'excusant d'avoir interrompu le repas plus tôt. Il fait de même avec Barré, qui réplique que c'est ça, la démocratie, que tout le monde a le droit d'exprimer ses opinions. Puis, il se tourne vers son père, lui tend la main et lui demande pardon. *Tu as raison, papa.* Robert est sans mots. C'est plutôt rare que cela lui arrive, surtout deux fois en deux minutes. Tous les yeux sont tournés vers lui, même ceux de Gertrude. Sans avertir, Frédéric le prend dans ses bras et le serre très fort. Robert est visiblement mal à l'aise, mais se force à sourire devant l'assemblée, qui paraît impressionnée du nouveau coco de son fils. Fanny observe la scène et semble satisfaite. Comment a-t-elle réussi en une heure ce que nous tentons de faire depuis des mois? Je devrai la remercier plus tard.

Nous prenons le dessert tous ensemble. Frédéric semble enjoué, détendu. Il fait rire tout le monde avec ses histoires, sauf son père, malheureusement. Il est au naturel, comme quand nous sommes tous les deux. Fanny n'a d'yeux que pour lui, et je le fais remarquer à Robert, qui se force à sourire.

Les deux jeunes indiquent leur intention de sortir avec des amis. Avant que Robert puisse répondre, le maire félicite encore sa fille et lui dit d'emmener Frédéric dans un de ses clubs – il en a quatre à son nom dans la ville.

Une fois les jeunes partis, le grand Barré, le maire et Robert parlent de choses et d'autres, et disent déblayer le terrain pour leur future collaboration. Ils se serrent la main et expriment leur hâte de travailler ensemble. Le cognac est servi. Les invités repartent un peu ronds.

Je fais le tour de ma cuisine en passant ma main sur les comptoirs. Il y a un peu de poussière des rénovations, mais, sinon, tout est impeccable. Tout brille. Et je n'ai rien fait. Ping et Mamadou sont partis. Robert entre dans la cuisine et me prend dans ses bras. Il s'est calmé. Je suis soulagée. Il me souffle à l'oreille : *Appelle-moi Bobbyyyyyyyy, ma Jojo.* Bon, enfin, il ne s'inquiétera plus de Freddy.

3

LA GRANDE NOUVELLE

— Tu veux rester manger avec nous ? Freddy et Sammy y seront. Sammy vient nous annoncer une grande nouvelle avec sa blonde.

Lilly accepte sans hésiter, elle qui a vu grandir mes fils.

— As-tu une idée de ce qu'ils viennent annoncer ?

— Une petite, oui. Je crois bien qu'il s'agit de fiançailles...

— Oh ! Tu seras peut-être grand-maman plus tôt que prévu ! Robert le sait ?

— Je ne crois pas. Robert est si occupé. Nous n'avons plus le temps de parler. Il est de moins en moins présent. Il n'est ministre que depuis six mois, mais j'ai l'impression que ça fait six ans. Il est fatigué. Il est toujours exténué ! Il n'est presque plus jamais ici le soir, sauf s'il y a un souper. Il travaille sept jours par semaine, même s'il est à la maison.

— Ce n'est pas facile, la vie en politique, surtout pas celle de ministre.

— Il a tant de responsabilités. Il a des réunions sans arrêt et les repas sont souvent à la dernière minute. Je n'aurais jamais pu survivre sans Mamadou et Ping. Ils font une rotation et ne prennent jamais leur journée de congé hebdomadaire ensemble.

Je baisse le ton et fais une confidence à Lilly.

— Il ne m'a pas demandé de l'appeler Bobby depuis deux mois !

— Deux mois ? Vous n'avez pas baisé depuis deux mois ?

— Chut !

— Tu es certaine qu'il n'a pas de maîtresse ?

— Lilly ! Quelle insulte ! Bobby ? Jamais !

— Pardon, Jojo. Mais un homme qui n'a pas sa baise, tu sais, il la trouve…

— Bobby ne me tromperait jamais ! Et puis, il travaille tellement qu'il n'aurait même pas le temps d'une petite vite avec quiconque !

Lilly me fait signe de me taire. Mon aîné, Samuel, est entré dans la cuisine au moment où je disais ma dernière phrase. *Vos conversations sont-elles légales ?* Je me retourne.

— Sammy ! Charlotte !

— Allô, madame.

— Ah ! Charlotte, appelez-moi Jojo. Vous faites partie de la famille, n'est-ce pas ?

Je la regarde d'un œil complice en lui prenant le visage entre mes mains. Elle est toute petite et ne doit pas peser plus de cinquante kilos. Ses cheveux, brun foncé, parfaitement placés, tombent sur ses épaules. Ses yeux noisette en amande lui donnent une allure latine. Elle porte un pantalon noir, une blouse blanche et un joli collier de perles. Je le remarque.

— C'est Samuel qui me l'a offert.

Elle lève la tête et avise ma cuisine.

— Vous avez une nouvelle cuisine ! Samuel m'en avait parlé.

Elle fait le tour et touche tous les appareils sur les comptoirs.

— Vous avez de nouveaux appareils, madame. Il y a des trésors sur vos comptoirs.

— Jojo. Appelez-moi Jojo.

Charlotte est comptable agréée. Elle et Samuel parlent le même langage : l'argent.

— Les rénovations ont dû vous coûter une fortune !

— Pas un sou ! Nous n'aurions pas eu l'argent pour faire ça, de toute façon.

Rien n'est gratuit, précise Samuel.

— Mais nous n'avons rien payé.

Lilly intervient.

— L'argent vient de quelque part, Jojo. Dans ce cas-ci, de nous !

Samuel et Lilly se mettent à discuter des taxes et des impôts, des choses que je ne comprends pas trop. Sammy ressemble tellement à son père. Frais rasé, chemise impeccablement repassée, boutons de manchette en évidence, veston noir en velours côtelé ; il a toujours un stylo dans sa poche de chemise, au cas où il faudrait calculer quelque chose. Il n'a pas la chevelure ni les boucles de son frère, et elle est simple à entretenir. Une coupe par mois, comme son père. Il est moins grand que Frédéric, plus court que Robert même, mais plus musclé aussi. Il s'entraîne quatre fois par semaine avec un instructeur privé. Il se fait manucurer les ongles une fois par mois. Son parfum varie selon son costume et l'heure du jour.

Freddy entre dans la cuisine. Il m'embrasse, prend Lilly dans ses bras, fait la bise à Charlotte et salue son frère en lui présentant son poing. Sammy fait de même et les deux se frappent les jointures. Freddy remarque la Rolex que son frère porte par-dessus sa manche de chemise, *une mode chez les jeunes professionnels*, réplique-t-il. Freddy répond que c'est drôle, dans son milieu, personne ne porte de montre sur la manche des chemises. Sammy rétorque que c'est peut-être parce qu'ils ont trop honte de montrer la piètre qualité de la leur. *Non, nous, nous n'avons pas besoin de connaître le temps. Nous le vivons.* Sammy s'impatiente, tout comme son père, et rouspète que s'il avait une montre il connaîtrait peut-être davantage la valeur du temps. *Toi qui ne sais jamais quoi m'offrir pour ma fête, tu n'as qu'à m'en acheter une!* dit Freddy. *Ce serait un gaspillage d'argent*, répond Sammy, qui fait remarquer qu'il gagne plus d'argent en un mois dans son stage rémunéré que son frère en six mois dans son bar du bas de la ville; que, lorsqu'il aura son doctorat, il en gagnera plus en un jour que lui en un an!

— Bon, bon, les garçons, voilà plus de trois mois que vous vous êtes vus et, déjà, vous vous chicanez!

Freddy et Sammy n'ont pas grand-chose en commun. Il faut dire qu'ils ont quatre ans de différence. Sammy était déjà à la garderie lorsque Freddy est né, et de toute façon, ils n'ont jamais fréquenté la même école. Sammy avait comme passe-temps, lorsqu'il était jeune, de faire des mathématiques. Freddy grattait sa guitare et écrivait des poèmes.

— Pas de volcan ce soir, les gars, s'il vous plaît! Votre père est déjà terriblement stressé par son travail.

Et je souffle à l'oreille de Freddy:

— Sois gentil avec ton papa. Parle-lui.

Il me demande de quoi il peut bien lui parler.

— Je ne sais pas, moi; de tes rêves, tiens.

Quand Samuel vient manger, Robert insiste pour qu'on utilise la grande table à vingt, alors que, personnellement, je préfère de loin la table intime à huit de la salle à manger familiale. *Ça rend l'officiel plus intime et l'intimité plus officielle,* justifie Robert. Samuel est assis à côté de son père, bien entendu, et les deux discutent finances, comme d'habitude. Sammy termine son doctorat en ingénierie financière, le rêve de Robert, qui, lui, n'a qu'une maîtrise. Robert le félicite et lui fait remarquer que cela ne lui prendra pas vingt-cinq ans, comme lui, à grimper les échelons de la banque. Samuel précise qu'il ne vise pas la banque, mais le poste de ministre des Finances, *et peut-être même celui de premier ministre!* Robert lui avoue que c'est aussi son ambition et promet de l'engager dans son cabinet s'il devient le premier ministre. *Allons, topez là! Et levons notre verre au succès!* Père et fils entrechoquent leurs verres et demandent aux autres de faire de même. Frédéric se racle la gorge.

— Oh oh! dis-je tout bas à Lilly.

J'ai aussi un rêve, moi, papa, annonce-t-il. Puis, il se tait. Nous attendons. Comme Robert ne demande pas lequel, je pose la question à sa place. Frédéric répond en regardant son père dans les yeux. Il n'a jamais eu peur de soutenir son regard. Jeune, il jouait avec lui à qui sourirait le premier. Les deux pouvaient tenir plus d'une heure à se fixer dans le blanc des yeux et c'est moi qui devais généralement mettre fin au duel.

Freddy s'avance, met ses coudes sur la table, sourit et annonce d'une voix toute douce que, lui, son ambition, c'est de devenir ministre de la Musique, et du même souffle il demande à son père s'il va l'engager. Samuel et Robert éclatent de rire. Ce dernier lui fait remarquer que, primo, le ministère de la Musique n'existe pas et que, deuxio, il faut un diplôme et un cerveau pour devenir ministre. Freddy rouspète que ce ministère devrait exister et qu'il devrait même y avoir un prix Nobel de la musique, parce que c'est prouvé que la musique aide au développement et à l'équilibre des deux hémisphères du cerveau. *Vous devriez essayer,* lance-t-il à son frère et à son père, qui ne jouent d'aucun instrument, même pas de la voix. *Tout ce que vous pouvez faire, c'est écouter la radio !* Samuel s'esclaffe encore une fois et précise que la musique fait quand même partie du ministère de la Culture, et que, même si c'est un ministère sans importance, il faut quelqu'un qui n'a pas besoin de notes de musique pour faire fonctionner ses deux hémisphères cérébraux. Freddy s'offusque et les deux frères se mettent à s'engueuler. Comme d'habitude. Robert, exaspéré, finit par taper sur la table avec son poing, si fort que le verre de vin de Lilly tombe à la renverse. Robert appelle Ping. *Fille ! Un dégât !* Ping, seule ce soir pour faire le service, accourt avec un linge. Robert et Samuel l'appellent *fille*, Lilly l'appelle mademoiselle, Freddy l'appelle Ping et, moi, j'évite d'employer quelque nom que ce soit. Charlotte est un peu mêlée dans tout ça et, lorsqu'elle demande plus de sauce, elle dit « madame », ce qui fait sursauter Robert. *Fille, apportez-lui plus de sauce.* Et il continue sa conversation avec Samuel.

Freddy s'est tu. Ça me fait de la peine de le voir ainsi. Je m'en veux surtout d'avoir été l'instigatrice de la dispute. C'est moi, après tout, qui lui ai suggéré de parler de ses rêves. J'essaie de le sortir de sa coquille, mais il marmonne des mots que je ne comprends pas. Ses champs d'intérêt n'ont pas de place à cette table, parmi les discussions qui portent sur l'économie du pays, sur les bourses, les marchés et le rôle du gouvernement. Freddy s'excuse en forçant la politesse et se lève de table.

Robert, au milieu d'une phrase, le toise, mais ne dit rien.

Chaque fois que les deux frères sont ensemble, la dispute finit toujours par se produire. Freddy finit par se taire et partir. Et il revient ensuite avec les yeux rouges, comme s'il avait pleuré. Ça me brise le cœur. Comme Lilly et Charlotte sont aussi plongées dans une discussion, je décide d'aller voir Freddy pour lui parler. Le laisser parler de ses rêves. Une mère doit être là pour écouter les rêves de ses enfants, aussi fous puissent-ils être.

Je me rends à la cuisine. Ping ne l'a pas vu. Personne à la salle de toilette ni au sous-sol. Rien. Je monte, vais voir dans son ancienne chambre où je m'attarde un peu. Les souvenirs giclent des cadres, des dessins, des bibelots ; la nostalgie m'assiège.

Le son d'une guitare me ramène au présent. Je jette un coup d'œil par la fenêtre et vois mon fils sur le bord de la piscine, les pieds dans l'eau, la guitare sur les cuisses, la tête penchée, les cheveux très courts, qu'il garde ainsi depuis l'épisode avec Fanny. Mais surtout parce que son père a arrêté de lui tomber sur la rate depuis. Je descends et sors dans le jardin.

Il ne m'entend pas approcher. Il a une cigarette à la main. Je n'aime pas qu'il fume et je le lui dis souvent. Je ne dirai rien, ce soir. Il a eu son lot de reproches. À quelques mètres derrière lui, j'entre dans le nuage de fumée qu'il vient de souffler. Ça ne sent pas du tout le tabac. Je reconnais soudainement l'odeur. Du pot !

— Quoi ? Freddy ! Tu fumes de la drogue ? C'est ça ? Ah ! ton père avait raison ! Tu n'es qu'un drogué ! Un vrai drogué !

Il dépose sa guitare et le joint, puis se lève. Il me demande de me calmer, d'arrêter de crier, il dit que je vais réveiller les voisins, pire, que je vais alerter son père. Je suis hors de moi.

— Espèce de drogué ! Je n'en reviens pas ! Mon beau Frédéric qui fume de la drogue ! Attends de voir ce que dira ton père !

Il me supplie d'arrêter de hurler, me prend les épaules et me demande si je veux vraiment provoquer l'ire de son père et l'éruption du volcan. J'essaie de me calmer, mais j'ai peine à contrôler ma colère. Je pleure, je le repousse ; il me reprend. *Maman, je t'en supplie, c'est juste du cannabis, ce n'est pas de la grosse drogue !*

— Juste du cannabis ? Mais c'est de la drogue, ça ! Mon fils est un drogué ! Je n'en reviens pas !

Freddy me rappelle ce que prend son père : des pilules pour dormir, d'autres pour les nerfs, des pilules pour rester réveillé, d'autres pour l'appétit, et, depuis qu'il est ministre, des antidépresseurs. *Je ne sais pas pour la petite pilule bleue.*

— Comment oses-tu ?

Ne sont-elles pas toutes des drogues ? Et il me demande ce que je prends, moi, comme pilules. Je réfléchis. En effet, je prends des somnifères, des anxiolytiques… Quoi d'autre ? Je ne m'en souviens plus. Ah oui ! Des pilules pour la digestion. Mais ce n'est pas ses affaires, et je le lui fais savoir !

— Ce sont des pilules et elles sont légales ! Ce ne sont pas des drogues !

Il se met alors à me sortir toutes sortes de chiffres : que cinq cent mille personnes meurent chaque année après avoir pris des médicaments psychiatriques ; que les somnifères augmentent de trente-cinq pour cent le risque de cancer et de cinq cents pour cent celui de mourir plus tôt. *Les dernières études indiquent que prendre des somnifères est plus dangereux pour la santé que fumer la cigarette !*

— Freddy, cesse de crier !

Il ne m'entend plus. *Et l'alcool, as-tu idée combien de gens il tue TOUS les ans ? Deux millions et demi ! Et c'est une drogue légale et hautement addictive sans aucune valeur thérapeutique !* C'est vrai que Freddy ne boit pas. Une bière de temps à autre, et c'est rare, contrairement à Sammy et à Bobby, qui prennent un coup solide parfois. Souvent, même.

— Mais l'alcool est légal et, s'il est légal, c'est qu'il doit y avoir de bonnes raisons !

Je tiens mon bout. *Eh bien, justement,* riposte-t-il. *Il n'y a aucune bonne raison qui justifie l'illégalité du pot. Combien de gens meurent à cause du cannabis chaque jour ? Non, tiens, chaque année ! Combien ?* Il hurle.

— Pas si fort, Freddy, tu vas réveiller le volcan.

Il est essoufflé. Il respire fort. Il se calme un peu. Puis, il me demande pardon. Il se sent terriblement mal, dit-il. *Ça me brise le cœur de te voir pleurer, maman, de te voir souffrir.* Le silence remplit nos poumons pendant quelques instants et nous aide à retrouver notre souffle.

— Alors, combien?

Il me demande de quoi je parle.

— Combien de gens meurent à cause du cannabis?

Zéro! Niet! Zilch! Nada! Et il répète: *Zéro!* Il me demande si j'ai lu sur le sujet, si j'ai fait des recherches ou tout simplement gobé la propagande. *Tu juges le pot comme un aveugle juge les couleurs.* Sur ce, et avec des gestes démesurément lents et un de ces regards de feu, il sort un joint de sa poche, l'allume et m'offre une touche.

— Mais voyons si je vais prendre cette drogue-là! Tu as du culot! Je comprends ton père, maintenant!

Il me demande de définir le mot «drogue». Ce que je fais:

— C'est une substance qui agit sur le système nerveux en provoquant parfois un effet de dépendance. Le pot est une drogue!

Il rouspète que tout médicament est une drogue, mais que, jusqu'à présent, il n'est pas démontré qu'on puisse devenir dépendant du cannabis. La preuve: parfois, il passe des semaines sans fumer.

— Des semaines? Tu veux dire que tu fumes souvent?

Il me demande à quelle fréquence je prends des médicaments. *Tous les jours?*

— Oui! Mais ils sont prescrits par le médecin. Et pourquoi le doc ne m'a-t-il pas prescrit de cannabis? Parce que c'est illégal!

Justement! s'exclame-t-il.

— Mais il y a une raison, Freddy!

La raison n'est ni biologique, ni physiologique, ni médicinale. *Elle est politique,* affirme-t-il sans ambages. Les gros lards s'en mettent plein les poches pour plusieurs raisons, mais aujourd'hui, surtout à cause de la mafia pharmaceutique. *C'est une plante dont on se sert depuis des milliers d'années,* m'explique Freddy. Dans la région d'où elle provient, en Asie centrale, il dit qu'on a même découvert une corde de plus de vingt-six mille ans faite de fibres de chanvre. Les fouilles archéologiques montrent qu'on utilisait la plante pour fabriquer des vêtements, de la corde, de la poterie, des médicaments...

— Attends. Le chanvre?

Oui, c'est une variété de cannabis qui contient très peu de THC, ce composant psychoactif qui apporte une certaine euphorie. Freddy raconte que la culture du cannabis remonterait à douze mille ans, ce qui la place parmi les premières plantes cultivées de l'humanité. Les Chinois utilisaient toutes les parties de la plante: les racines, les feuilles et les fleurs pour leurs valeurs médicinales; la tige pour les textiles, la corde et le papier; les graines pour la nourriture et l'huile. Son utilisation s'est répandue à travers le monde jusqu'au début du xxe siècle.

— Et qu'est-ce qui est arrivé au xxe siècle?

Une chasse aux sorcières, dit-il. Freddy m'explique qu'elle était d'abord raciste. Parmi les pionniers qui ont proscrit le cannabis, il y a eu l'Afrique du Sud en 1911, puis la Jamaïque en 1913, deux endroits où la minorité blanche contrôlait la majorité noire. Le feu de paille s'est rendu aux États-Unis où, durant la révolution mexicaine, beaucoup de Mexicains ont fui aux États-Unis et y sont arrivés avec leur plante, qu'ils utilisaient pour toutes sortes de raisons, dont relaxer après une dure journée de travail. On a commencé à parler de la « menace marijuana » ou de la « menace mexicaine ». Le Texas fut le premier État américain à criminaliser le pot, en 1914, et un législateur a même dit : « Tous les Mexicains sont fous et une des raisons est attribuable à cette plante. » Freddy rit.

— Mais dis-moi, Freddy, comment sais-tu tout cela ?

Parce que je m'y intéresse. Faut-il une autre raison ?

Il soupire et reprend son histoire. *En 1930, on a créé le Federal Bureau of Narcotics, et son directeur, Harry Anslinger, fut le véritable père de la guerre contre le pot. Je me souviens d'avoir lu qu'il a dit que la plupart des fumeurs de marijuana sont des nègres, des Hispaniques et des artistes. Et que la musique satanique du jazz résulte de l'utilisation de la marijuana ; et que la consommation de cannabis fait croire aux « foncés » qu'ils sont aussi bons que les hommes blancs. Et pour diaboliser cette plante,* raconte Freddy, *Anslinger a eu l'aide du grand magnat de la presse William Randolph Hearst, qui a fait du journalisme jaune avec le pot.*

— Du journalisme jaune ?

C'est une sorte de journalisme qui rapporte de façon exagérée des histoires souvent fausses ou inventées. Comme dans le cas du pot, dit Freddy. *Pour passer la fameuse loi contre la marijuana en 1937, Anslinger et Hearst ont monté un dossier qui disait que le pot était plus dangereux que l'héroïne et la cocaïne, et qu'il pouvait mener au pacifisme et au lavage de cerveau communiste. D'autres ont témoigné contre l'adoption de cette loi,* poursuit Freddy. *Et tu ne devineras jamais qui.*

— Les médecins?

Les distributeurs de graines d'oiseaux! Ils ont dit que les canaris ne chantaient pas aussi bien ou arrêtaient carrément de chanter si les graines de la plante étaient éliminées de leur alimentation.

Freddy se tord de rire. Et moi aussi. Il ajoute que les arguments d'Anslinger et compagnie ont même été rejetés par le *Journal de l'Association médicale américaine.* Il dit que Hearst, qui haïssait les Mexicains avec passion, a contribué à créer la peur du cannabis, le liant aux Noirs, aux communistes, à la paresse et à la violence, entre autres. La diabolisation de cette plante était une extension de la diabolisation des immigrants mexicains. *Ils avaient besoin d'une excuse pour fouiller, détenir et déporter les Mexicains. Le pot devint leur excuse.*

J'examine mon fils. Il a l'air si sérieux, si instruit à me raconter tout cela. Mais je me demande si ce n'est pas une excuse pour fumer une drogue illégale. Je n'ai pas le temps de lui poser la question, car il reprend son cours d'histoire. *En fait, la plante a été illégale pour moins d'un pour cent du temps depuis le début de son utilisation. L'autre raison de la démonisation du cannabis et du chanvre, dit-il, c'est que l'industrie faisait compétition à la pâte à papier qu'on utilisait dans l'industrie du journal; elle faisait compétition aussi à celles du nylon et du bois d'œuvre. Plus tard, le président Nixon a passé une loi, en 1970, je crois, qui classifiait les drogues selon leur dangerosité. Or, le cannabis a été classifié dans la première catégorie, celle qui dit qu'elle n'a aucune valeur médicinale et un très haut potentiel de danger d'abus. Le milieu médical, entre autres, n'était pas d'accord avec cette classification, alors Nixon a lui-même mis sur pied une commission, qui s'appelait la Commission Schafer, si je me rappelle bien, et qui a déclaré que la marijuana ne devrait pas être classifiée dans la première catégorie. La Commission a même douté de sa désignation comme substance illicite! Mais Nixon a ignoré ces recommandations. Ensuite, c'est Reagan qui a intensifié la guerre contre le cannabis, une guerre qui peut être résumée en quelques mots, maman : racisme, peur, protection des profits corporatifs, journalisme jaune, ignorance, incompétence des législateurs et, enfin, corruption et cupidité.*

Freddy me demande si j'ai une idée du montant d'argent qu'on économiserait en légalisant le cannabis, mais aussi de certains troubles de santé qu'on réglerait avec cette plante. Les enfants qui souffrent du syndrome de Dravet font entre deux cents et trois cents crises épileptiques par jour, mais seulement deux par mois s'ils prennent l'équivalent d'un grain de riz d'huile brute quotidiennement. Il me parle des traitements pour ceux qui souffrent de la maladie de Parkinson, de la sclérose en plaques, d'anxiété et de dépression, de la maladie de Crohn, du glaucome, de la ménopause, et même du cancer… *Mais sont-ils intéressés ? Non ! L'industrie pharmaceutique perdrait des milliards. Que dis-je : des centaines de milliards !* Son visage devient tout rouge. *On sait que plus des trois quarts des gens qui se soignent avec le cannabis délaissent les médicaments prescrits.* Il vocifère. *C'est l'argent qui intéresse l'industrie ! Pas notre santé !*

Freddy est essoufflé ; son visage, écarlate. Des gouttes de sueur perlent sur ses tempes. Il se tait, me regarde longuement dans les yeux, puis s'assoit et prend sa guitare. Il gratte les cordes comme si je n'existais plus. Il se met à fredonner. Debout derrière lui, je ne sais pas si je dois rester ou partir. Il arrête de jouer et me dit, tout doucement, presque en chuchotant, qu'une drogue est quelque chose qui enivre. Que la musique est une drogue, que ma cuisine est une drogue. *Le travail de papa est une véritable drogue. Ça l'enivre, il en est dépendant et ne peut plus s'en passer. Le sexe est une drogue.*

— Si seulement…

Oups. La faille. Des larmes coulent. Je me mets à pleurer, à trembler de tout mon être. Freddy me prend la main et me tire vers lui. Je m'assois et je glisse mes pieds dans l'eau. Il reprend sa guitare et se met à jouer. *Summertime, and the living is easy.* Sa voix rauque de ténor me donne des frissons. *Fish are jumping, and the marijuana is high.*

— Eille !

Il pouffe de rire. Il reprend son joint, le rallume et m'offre une touche. Je le contemple quelques instants.

— Comment dites-vous les jeunes ? *WTF ?*

Oui, c'est ça, maman. WTF. What the fuck !

Je prends le joint.

— C'est comme ça qu'on fait ?

Et je lui montre le joint, le tenant entre mon majeur et mon pouce. *Oui, maman, c'est ça. Tu connais ça !*

— J'ai vu ça dans un film.

Je tire un peu. Je m'étouffe. *Essaie encore. Garde la fumée quelques secondes.* Ce que je fais. Puis, j'aspire une autre bouffée. Mon fils se remet à jouer et à chanter. Je finis le joint. Je chante avec lui. *Your daddy's rich, and your mama's good looking...* Je me mets à rire. Je ne me contrôle plus. Un fou rire. Freddy se joint à moi. Bientôt, nous rions tous les deux, tellement que Ping sort en courant pour nous demander si tout va bien.

— Oui, Ping, tout va très...

Et je m'esclaffe encore. Ping rentre, le sourire aux lèvres.

Freddy et moi parlons comme nous ne l'avons jamais fait. Comment se fait-il que de faire quelque chose d'illégal ensemble nous ouvre au secret ? *Parce que ça nous rend complices, maman.* Il me parle de sa musique, du groupe avec lequel il joue. Il me dit qu'il est heureux lorsqu'il fait de la musique avec ses camarades, le samedi soir, dans une taverne du bas de la ville. *Ça rend les gens heureux aussi.* Il m'avoue qu'il ne va plus à ses cours, qu'il ne sait pas comment le dire à son père. Il veut étudier la musique, pour un jour l'enseigner aux enfants, que c'est, en fait, ce qui le garde sain. Comment faire avaler cette pilule à son père ? Il reprend le morceau où il l'avait laissé. Je chante. *So hush, little baby, don't you cry...* Il a les yeux rouges, comme s'il avait pleuré.

— Et toutes ces fois où tu quittais la table et revenais avec des yeux rouges, je croyais que tu avais pleuré, alors qu'en fait tu fumais du pot !

Nous rions. Il me prend les mains, les touche, les caresse, les embrasse, si tendrement. *Si les rides reflètent l'expérience, tu es une grande sage.* Je lui dis que je passe – que je passais – mes journées à faire de la bouffe, la vaisselle, le ménage. À entretenir le jardin. Mais que c'est Mamadou et Ping qui font tout ça, maintenant. Je suis censée tout avoir, la vie de rêve, les domestiques, la cuisine cinq étoiles, les privilèges, les voyages en classe affaires, les chambres d'hôtel où le champagne coule comme de l'eau... Je soupire, ne sachant pas trop ce qui me manque.

— Il faut te traîner une bouteille de gouttes pour les yeux, mon fils.

Je me surprends à lui donner de tels conseils. Je me sens bien, détendue. Je lui dis qu'on devrait rentrer dans la maison. Nous passons par la salle de bain pour nous rincer le plaisir des yeux et la joie de la bouche. Et nous rions encore. En retournant vers la salle à manger, je me sens nerveuse, comme si j'avais fait un mauvais coup. La culpabilité me ronge les tripes. Je tremble, tout en étant contente, tout en me cherchant une histoire aussi pour excuser le plaisir que nous venons d'avoir.

Nous nous assoyons et c'est comme si Samuel et Robert ne s'étaient même pas aperçus que nous étions partis. Le dessert est fini, la bouteille de cognac, bien entamée. Lilly et Charlotte sont au Grand Marnier, elles parlent de voyages et de photos, de leur rêve de visiter le pays de Ping un jour, l'île Maurice. Robert me regarde et me dit: *Enfin, te voilà!* Je pouffe de rire. Robert est insulté.

— Bobby, mon chéri, pourquoi...

Il me réprimande devant les garçons, Charlotte et Lilly. *C'est Robert! As-tu compris une fois pour toutes? Mon nom, c'est Robert!* Samuel met la main sur le bras de son père, ce qui le calme. Au même moment, Frédéric lui demande de se calmer, ce qui le pousse hors de ses gonds. *Toi, le pouilleux!* Samuel lève la voix pour déclarer que Charlotte et lui sont venus annoncer une nouvelle, ce qui refroidit le volcan.

Maman, Papa, Lilliane – il marque une pause, puis regarde son frère –, *Frédéric, nous nous marierons aussitôt le doctorat terminé.*

— Je serai grand-maman!

— Pas si vite, madame Jojo... séphine, dit Charlotte.

Samuel ajoute que, pour les enfants, ça attendra les emplois payants, la maison et le jardin, qu'ils veulent que leur progéniture ne manque de rien.

— Ton père et moi n'avions pas grand-chose lorsque tu es né, Samuel. Mais ton frère et toi n'avez jamais manqué de rien. Vous avez toujours bien mangé, avez toujours été bien vêtus. D'ailleurs, je faisais tous vos vêtements!

En tirant sur sa manche de chemise pour placer sa montre, Samuel dit que, justement, ses enfants seront très bien vêtus et que ce n'est pas Charlotte qui coudra leurs vêtements, qu'ils auront une garde-robe respectable. Frédéric roule des yeux. Robert se lève et accueille officiellement Charlotte dans la famille. Il souligne l'importance d'avoir une belle-fille éduquée comme elle, *et dans un domaine qui est à la base de la vie sur terre.* Freddy soupire. Robert nous invite à lever notre verre aux nouveaux fiancés. La bonne humeur semble être revenue. Lilly entame une chanson pour souligner l'amour qui vient de se sceller. Je chante avec elle et tente d'entraîner Freddy. Charlotte est émue. Elle se dit honorée de faire partie d'une «si merveilleuse et unique» famille. Robert la prend dans ses bras et la serre très fort, lui qui a toujours voulu une fille. Ça fait si longtemps que je l'ai vu heureux comme ça. Avec une telle belle nouvelle, sûrement que Robert sera en forme ce soir. Je le regarde et le trouve soudainement beau. Ses yeux verts scintillent; ses cheveux coupés très court, peignés sur le côté, accentuent son profil aquilin;

son col de chemise déboutonné laisse paraître quelques poils de son torse. Je tente d'attirer son regard, de le déshabiller avec le mien. Il ne me voit pas, trop absorbé dans son bonheur d'avoir une fille dans la famille.

Une fois les jeunes partis, j'aide Ping à nettoyer. J'arrête à la salle de bain pour me poudrer. *Ce soir, je t'appelle Bobbyyyy…*

Lorsque j'arrive dans la chambre, mon beau Bobby dort déjà, me tournant le dos. Je passe ma main dans ses cheveux, lui flatte la nuque, lui masse doucement les épaules. Il remue à peine. J'insiste. Je descends, lui flatte les fesses, glisse ma main entre ses cuisses. Il grogne et s'éloigne un peu. Pas de chance. Pas ce soir. Encore une fois. Je me dis qu'un peu de cannabis lui ferait sûrement du bien. Je m'endors en ricanant, même s'il n'y a vraiment rien de drôle.

4

LES GANTS BLANCS

Mamadou dit s'être reposé pendant sa semaine de congé. Comme j'ai accompagné Robert pour son voyage d'affaires, nous avons pu le libérer. Ping a fait un ménage complet de la cuisine pendant notre absence. C'est maintenant à son tour de partir.

— Alors, Mamadou, nous sommes seuls pour une semaine. Vous pourrez tout me raconter au sujet de votre visite dans votre famille, en Côte d'Ivoire.

Oui, madame. Lilly arrive au même moment, avec son sac d'équipement photographique et le journal.

— Et puis? Raconte! C'était comment, le Forum économique mondial?

— Lilly! Ah, que je suis contente de te voir!

Je la serre longuement dans mes bras, prends sa tête bouclée entre mes mains et ébouriffe sa chevelure, signe qu'elle m'a manqué.

— Mamadou! s'exclame Lilly. Comme je suis contente de vous voir aussi! Vous allez bien?

Bien, madame. Merci, madame.

Lilly déplie le journal. En première page se trouve l'entente historique négociée entre notre pays et un autre, avec, comme photo, notre premier ministre et le président de l'autre pays. Et, debout, derrière notre premier ministre, se trouve Robert, le dos droit, de toute évidence fier, tout sourire.

— Raconte !

— Ah ! Robert ne souriait pas encore quelques instants avant ! Il a passé presque vingt-quatre heures en discussion intense pour régler les différends. Il voulait à tout prix quitter le Forum avec une entente signée dans les poches. Mais je ne te dis pas les pieds et les mains qu'il a faits pour en arriver là !

Je raconte à Lilly le jeu politique qui se joue à Davos, en Suisse, lors du Forum économique mondial qui s'y tient tous les ans. Lorsqu'un président, un premier ministre ou toute autre personne de haut niveau veut communiquer avec un homologue avec lequel une entente est en cours de négociation, c'est le premier qui appelle l'autre qui se trouve en position de faiblesse. Celui qui résiste jusqu'à la dernière minute devient le maître « psychologique » de l'entente, celui qui a l'atout en main.

— La dernière journée, il y a des tas d'hommes – ou, parfois, leurs secrétaires – assis devant leur téléphone. Pour nous, l'heure limite pour que l'entente passe était 8 heures. À 7 h 30, notre premier ministre ne tenait plus en place. L'autre président n'avait toujours pas appelé.

Robert et le premier ministre étaient assis de chaque côté du téléphone. Madame Line et moi-même faisions la navette entre la cuisine et le salon, la première moitié de la nuit avec des cafés, puis, au lever du jour, avec des whiskeys. Moi, je m'en suis tenu au café.

— À 7h30 pile, notre premier ministre a dit *C'est assez!* et a pris le combiné. Robert a mis sa main sur celle du renard : *Attendez encore un peu. Sinon, nous serons le deuxième joueur.*

— Et qu'a fait le premier ministre ? demande Lilly.

— Il a répondu que revenir au pays devant le peuple en tant que deuxième joueur n'était ni souhaité ni acceptable. C'est la première fois que j'ai vu une telle tension entre Robert et le premier ministre.

Trois fois, à 7h45, à 7h50 et à 7h55, le vieux renard a voulu appeler. Chaque fois, Robert mettait sa main, poliment, sur la sienne et lui disait d'attendre.

— Robert a dit qu'il remettrait sa démission si le jeu était perdu. Le téléphone a sonné à 7h59. Le premier ministre a sauté sur le combiné et Robert lui a dit d'attendre encore !

— Quoi ?

— Au troisième coup seulement, on a répondu. Nous avons gagné ! Bobby avait raison !

— Mais, Jojo, de quoi parles-tu ? Gagné quoi ?

— La face!

— Et puis, ça change quoi à l'entente?

— Rien, mais nous en sortons gagnants!

— Ça ne tient pas debout, ton histoire, Jojo.

— Ah! Tu ne comprends vraiment rien à la politique!

— Y a-t-il un lac à Davos?

— Euh… oui. Pourquoi me demandes-tu ça?

— Parce que, avec tous les crosseurs qui s'y trouvent, ce doit être un gros réservoir de sperme!

— Lilly! Ce que tu peux être cinglante! Mais, justement, parlant de…

Je tire Lilly dans la dépense avec moi, ferme la porte et baisse le ton.

— Je n'avais pas fini mon histoire… Tout de suite après la conférence de presse, à 11 heures, Robert était pressé de retourner à la chambre. Aussitôt la porte refermée, il m'a demandé de l'appeler *Bobbyyyy!*

— Bon! Enfin!

— Ce n'est pas tout!

Je place ma main sur le côté de ma bouche et lui souffle, excitée comme une petite fille qui vient de connaître son premier baiser :

— Et puis encore le même soir. Imagine! Deux fois d'affilée à douze heures d'intervalle!

— Sans petite pilule bleue?

— Lilly! Bien sûr que non! Disons que ça me rassure. Je ne savais plus quoi faire, j'étais désespérée.

Nous ricanons en retenant notre rire avec la main devant la bouche.

— Je me sens comme une adolescente !

— Alors, c'est simple : on lui trouve des ententes à signer et vous baisez !

— Lilly !

Elle a les yeux ailleurs.

— Qu'est-ce qu'il y a ?

— Tout a changé ici.

Je lève les yeux et parcours le contenu du garde-manger.

— Tu as raison ! Que s'est-il passé ? Je sais que Robert a demandé à Ping de faire le ménage, mais c'est plutôt une réorganisation totale !

Nous avons toujours gardé deux sections dans la dépense : une pour les besoins de la famille ; l'autre pour les repas officiels. Il n'y a plus de séparation !

— Ping a dû mal comprendre. Comment vais-je faire pour tenir mes comptes maintenant ? En plus, le maire, sa maîtresse et le curé viennent manger ce soir !

— Le curé ? Le jeune nouveau ?

— Oui. Le connais-tu ?

— J'ai fait un reportage photo avec lui à la cathédrale la semaine dernière, pendant ton absence. Il est jeune, dans la trentaine, je dirais, mais c'est difficile à voir. Son visage glabre lui donne un petit air efféminé, presque puéril.

— Ah bon ? Et comment est-il ? Est-il intéressant ?

— Il est très gentil, mais il n'a pas la langue dans sa poche. Imagine-toi donc qu'il m'a même parlé du rôle de la femme dans la société ! Mais à micro fermé, bien sûr. Il n'y a que le pape qui peut en parler ouvertement...

Elle ajoute en chuchotant :

— Il a aussi parlé d'homosexualité !

— Ah oui ? Et il est pour ou contre ?

— Quel genre de question est-ce, Jojo ? Pour ou contre le rôle de la femme ? Pour ou contre les homosexuels ? T'entends-tu parfois ?

— Lilly ! Si tu viens chez moi pour m'insulter, alors...

— Jojo ! Nous discutons. En fait, le curé a dit que, si on respectait plus les différences entre hommes et femmes et qu'on accueillait ces différences, en ayant par exemple des postes d'allaitement dans les milieux de travail, notre société serait différente.

— Un curé qui dit ça ? Wow ! Pas certaine qu'il fera l'unanimité ! Ou qu'il gardera son poste bien longtemps. Et pour les homosexuels ?

— Il a dit qu'il fallait plus d'ouverture d'esprit envers les gens différents. C'est révolutionnaire comme approche !

Lilly reste silencieuse quelques instants. Puis elle ajoute :

— En tout cas, si j'étais hétérosexuelle, ce serait mon style de gars !

— Lilly !

Nous sortons de la dépense en ricanant. Mamadou est penché au-dessus du lavabo et lave les légumes. Nous nous joignons à lui et Lilly lui pose des questions au sujet de son voyage dans son pays. Il vient d'un petit village qui est aujourd'hui devenu une banlieue de la capitale, Yamoussoukro. Il parle le dioula avec sa mère ; son père est mort il y a longtemps. Il a sept frères et sœurs, et il est le soutien principal de la famille. Il est inquiet pour sa mère, qui est vieille et fragile. Il lui envoie les deux tiers de son salaire, elle qui élève six de ses petits-enfants, parce que les parents travaillent aux quatre coins du pays. Il espère avoir bientôt assez d'argent pour faire poser des toilettes à l'intérieur de son abri.

— Elle n'a pas de toilettes ?

Ni d'eau courante, madame, ajoute-t-il en lavant une carotte sous le robinet.

Je suis estomaquée.

— Je ne me vois pas vivre sans eau dans la maison.

— Surtout avec six enfants ! ajoute Lilly.

— Si je pouvais, je vous en donnerais une, Mamadou ! Les deux en bas ne servent presque jamais. Et puis, deux des trois salles de bain en haut accumulent la poussière depuis que les enfants sont partis. Les deux autres servent plus souvent, puisqu'elles sont sur l'étage principal.

Sept toilettes dans la maison. Un scandale !

— Freddy ! Quel plaisir de te voir !

Frédéric se joint à la conversation et explique que l'eau est une commodité politique ; que, dans notre pays, la consommation moyenne est de trois cent cinquante litres par jour par personne. Mamadou écarquille les yeux et dit que, dans le sien, la moyenne est de vingt litres par jour par personne. Freddy enchaîne en précisant que l'Organisation mondiale de la santé a établi à cinquante litres par jour le minimum vital pour une personne.

— Et comment sais-tu tout ça, Freddy? demande Lilly.

Il répond que ce n'est pas parce qu'il ne va pas à l'école qu'il ne lit pas. Je suis touchée par l'histoire de Mamadou. Vivre sans eau? C'est inimaginable!

— Vous devriez faire venir votre mère dans notre pays! que je suggère à Mamadou.

Il a tenté, mais en vain.

— Même avec vos relations dans les ambassades?

Le problème, c'est qu'elle se dit heureuse, madame. Il n'y a pas de catégorie pour les réfugiés heureux dans les papiers du gouvernement. Ni pour les pauvres comme sa mère, d'ailleurs. Il aurait fallu qu'elle vienne d'un pays menacé par un de nos ennemis. S'ils n'ont pas d'eau, ils n'ont pas non plus assez de pétrole pour qu'on les remarque.

Mamadou explique que sa mère a géré un budget de deux dollars par jour pour élever ses huit enfants. *Elle est experte-comptable, même si elle est analphabète.*

— On aurait beaucoup à apprendre de ces gens qui survivent grâce à leur simplicité, à leur débrouillardise et à leur ingéniosité, dit Lilly.

Robert entre dans la cuisine au moment où Lilly prononce ces mots. Il demande de qui il s'agit, sans saluer quiconque, même pas Frédéric, qui répond tout de même à sa question. *Des gens qui, comme la mère de Mamadou, sont capables d'élever une famille malgré un budget de crève-la-faim.* Robert suggère qu'ils n'ont qu'à travailler plus fort. Freddy s'emporte et rouspète. Je lève les mains et mime un « T » pour signifier une trêve.

— Nous n'avons pas le temps pour cela, les gars.

Lilly me prête assistance.

— La table n'est pas encore mise et les invités arriveront sous peu. Viens m'aider, Freddy.

Frédéric ! Il s'appelle Frédéric ! Robert vocifère. Lilly lui demande pardon, se corrige en me faisant de gros yeux dans son dos et sort avec Frédéric pour préparer la table.

Je retiens Robert quelques secondes pour lui indiquer que Ping a fait un très beau ménage dans le garde-manger, mais qu'il n'y a plus de divisions, elle a dû mal comprendre... *Elle a bien compris.* Il ne m'a pas laissé le temps de finir. Il a la mèche courte. C'était si bon à Davos ; maintenant, il semble être retourné dans un moule d'exaspération rapide. Avec des gants blancs, je lui demande comment nous allons séparer les dépenses officielles et personnelles maintenant. Il rétorque qu'il a trop de travail pour s'occuper de telles broutilles, que tout est politique, que sa vie est maintenant une mission et que tout ce qu'il ingère est donc remboursable, puisqu'il n'a plus de vie personnelle. Puis, il me dit d'arrêter de poser des questions et ressort de la cuisine en criant *Garçon! Des gants blancs! Le curé s'en vient!* Mamadou lève les yeux, soupire, ouvre un tiroir et enfile des gants blancs tout neufs. Bon, qu'est-ce qui se passe? Des gants blancs?

— Vous n'êtes pas sérieux? Il ne vous a pas demandé de mettre des gants blancs? Mais pourquoi?

Mamadou répond en hochant la tête et en relevant les sourcils, en voulant dire *C'est évident!* Je suis outrée. Je ne reconnais plus mon Robert. Où est mon beau Bobby d'amour? Tout va trop vite, surtout la décadence.

Lilly et moi en sommes aux derniers préparatifs du repas lorsqu'on sonne à la porte. Le maire et sa Gertrude entrent, suivis du nouveau jeune curé de la paroisse. Le prêtre me prend la main avec les deux siennes et me remercie de l'accueillir chez moi.

— Votre cuisine est une légende. Quel honneur de me retrouver dans votre demeure! Merci infiniment de l'invitation.

Lilly a raison, il n'a pas d'âge; même sa voix est toute douce. Ses mains sont soyeuses, sa peau est lisse. Je suis charmée. Je les invite au salon et le maire prend sa place habituelle. Gertrude n'a pas de chapeau aujourd'hui, seulement une petite cape orange avec des bretelles en dentelle. *Je ne lui ai pas encore trouvé de chapeau orange,* s'excuse-t-il. Elle s'installe au côté de son maître et lui lèche une main pendant qu'il place son pantalon et ses bourrelets de l'autre. Le curé observe la scène sans commenter. J'ai envie de lui souffler à l'oreille qu'on doit s'attendre à tout en politique. Mais, comme c'est un homme d'Église, je me dis qu'il a sûrement vu pire.

Robert me fait signe de le suivre et m'emmène dans un coin du salon. Il me chuchote à l'oreille que, puisque nous sommes sept, il faudrait que Lilly ou Freddy parte. Je reste de glace et lui lance un regard de feu. « Comment oses-tu ? » Je lui fais remarquer que Gertrude ne devrait pas compter comme une convive. Il élève la voix et je rouspète, ce que je ne fais jamais, surtout pas devant des gens. Je me surprends moi-même. Le curé s'approche de nous. Robert me souffle, à travers un grand sourire, que cette histoire n'est pas finie, puis il entame une conversation avec le prêtre. J'en profite pour m'esquiver. Je rejoins Mamadou dans la cuisine et lui offre mon aide pour passer les plateaux de bouchées. Il proteste. J'insiste en lui jurant que je me languis de mon ancien rôle.

— Comme un professeur qui devient directeur d'école, ou un journaliste qui devient patron des médias, ou un cuisinier qui devient gérant de restaurant, on s'ennuie de ce qui nous a donné une raison de vivre. Moi, j'adore servir les invités.

Mamadou croit que je blague, lui qui est condamné, dans ce pays, à satisfaire la vanité de nos humbles serviteurs politiques. Qui choisirait de servir des gens, sans être payé en plus ? Je lui assure que je ne blague pas, que c'était ma vie autrefois et que j'en ai la nostalgie. Et que mon salaire, eh bien, c'est – c'était – le bonheur de ma famille. Il sourit. *Bien sûr, madame.* Je prends un plateau de bouchées et m'aperçois que je n'ai pas de gants blancs, comme lui. Nous savons très bien, tous les deux, que si mon mari a demandé à Mamadou qu'il porte des gants blancs, c'est à cause de sa peau noire. La politique déteint sur Robert, comme un aspirateur qui pompe toutes les valeurs de son corps. Son ventre grossit à mesure que son cœur se ratatine. Le pouvoir remplit la panse et vide l'âme. Je ne suis pas d'accord avec ces gants. Je vais protester.

— Je vais en mettre moi aussi !

Mamadou proteste à son tour. Il m'explique qu'il faut se battre par le haut et non par le bas en me citant l'exemple de Nelson Mandela, lors de son arrivée en prison, sur Robben Island, en 1964. *C'était en plein hiver, un matin de juin très froid. Mandela est arrivé avec sept de ses camarades, dont un était d'origine indienne. Ce dernier a reçu, comme vêtements, un pantalon long, une chemise, un chandail, des chaussettes et des souliers. Tous les prisonniers noirs recevaient un pantalon court, une chemise à manches courtes et des sandales en caoutchouc, mais pas de chaussettes. La pluie hiémale était glaciale et la température frôlait parfois le point de congélation.*

— En Afrique ? L'hiver en Afrique ?

Oui, madame, en Afrique du Sud, tout au bout du continent africain, soit dit en passant, il y a des hivers effroyables. On y pratique même le ski alpin ! Enfin, les prisonniers noirs passaient trois mois par année à grelotter jour et nuit. Il marque une pause. Je n'ose l'interrompre.

Il y avait de la discrimination, même pour ce qui était de la nourriture. Les prisonniers noirs recevaient moins de sucre pour leur café et n'avaient que de la soupe et du gruau comme repas. Les autres avaient droit à du pain. La première réaction de leur camarade d'origine indienne a été de dire qu'il allait faire la grève des privilèges qui lui étaient accordés à cause de la couleur de sa peau et de son origine ethnique; qu'il allait lui aussi porter un pantalon court, qu'il allait grelotter avec eux et que, de toute façon, le sentiment de culpabilité envers ses camarades était trop grand. Mais Nelson Mandela l'a convaincu qu'il avait tort, qu'il serait inapproprié, politiquement, de rejeter ce qu'ils avaient déjà. Le combat pour atteindre l'égalité devait se faire en nivelant par le haut et non par le bas. Finalement, après trois ou quatre ans, ils ont réussi à atteindre l'égalité. Tout le monde portait des vêtements chauds et mangeait la même chose.

— Alors, enlevez vos gants, Mamadou !

Et puis perdre son emploi ? Et sa mère ? Et ses toilettes ? *Je veux qu'elle ait de l'eau et des toilettes chez elle avant qu'elle meure, madame.*

— Et quand elle en aura, vous les enlèverez ?

Nous ne marchons sur les œufs que lorsque ceux-ci sont bien cuits, madame. Mamadou ajoute que, le pire, c'est que l'ancien ministre des Finances avait accordé un montant d'argent pour un programme d'eau en Afrique de l'Ouest. Mais il a été annulé.

— Pourquoi ?

Il baisse les yeux.

— Par qui ?

Il relève les yeux et son regard me perce le cœur comme une épée. Par Robert.

Mamadou ajuste ses gants, prend un plateau, pose un grand sourire sur son visage et pousse sur la porte battante, déguisé en personnage propre et invisible, pour aller servir les invités. Pour offrir des toilettes à sa maman.

Je suis paralysée. Pendant de longues minutes, je ne peux plus bouger. Je ne comprends plus ce qui se passe, et j'ai l'impression que ma vie vient de changer. À cause d'une paire de gants blancs. Et de toilettes. Je demanderai à Robert pourquoi le programme d'eau pour le pays de Mamadou a été annulé.

C'est l'heure de passer à table. Ils se mettent à trois – Robert, le curé et Freddy – pour tirer le maire de sa place, alors que Gertrude lui donne des coups de museau dans les fesses. Mamadou se place derrière pour attraper quiconque tombera à la renverse : cette fois-ci, il s'agit du curé, qui lui fait un signe de croix en guise de remerciement.

Robert fait son discours de bienvenue habituel et rappelle le pourquoi de cette rencontre. *Le rôle du curé est primordial dans la plus grande paroisse du pays, la capitale après tout. Il est un pilier de la communauté et un modèle à suivre pour les gens, surtout aux yeux des jeunes qui sont perdus.* En prononçant ces mots, Robert fusille Freddy du regard. *Et il*

faut trouver un moyen pour intéresser les jeunes aux
valeurs véhiculées dans la religion. Freddy roule les
yeux et soupire. Je lui fais un signe discret avec
mon index pour lui signifier de ne pas faire jaillir
le volcan.

Le curé dit qu'il est honoré d'être reçu chez
nous. Il nous invite du même coup à assister à
ses messes en arrêtant son regard sur Lilly. Je
promets de le faire et Lilly également. Pendant
quelques instants, nous n'entendons que les
fourchettes tinter dans les assiettes. Robert me
fusille du regard. Si je ne fais plus la cuisine ou
le ménage ou la vaisselle ou le service, je dois,
au minimum, remplir mon rôle d'épouse et
m'assurer qu'il n'y ait aucun temps mort pendant le repas. Comme je suis sur le point de dire
quelque chose, le curé lève le doigt. Soulagée,
je l'invite à parler. Il demande à Robert où nous
nous sommes mariés et qui a célébré cette union.
Robert répond et rappelle de bons souvenirs de
notre ancien curé, décédé récemment. Le nouveau curé nous demande ensuite comment nous
nous sommes rencontrés. Robert répond simplement que c'est mon père qui nous a présentés.
Mais le prêtre veut des détails, le contexte. Lilly
le trouve drôle de poser ce genre de questions.
Elle me presse de répondre, alors qu'elle pourrait raconter l'histoire à ma place.

— Eh bien, pour comprendre ma rencontre
avec Robert, il faut comprendre mon amour pour
la cuisine.

Robert soupire bruyamment et roule des yeux. Aïe! Ça me pince le cœur. Je l'ignore. Je prends une gorgée d'eau. .

— Ma passion remonte à mon enfance. J'avais douze ans exactement. Je dis « exactement » parce que ma mère est morte la journée de mon anniversaire. Nous l'attendions, mes amies, les autres mamans, papa et moi. Le festin macérait au soleil sous le filet antimouches dans la cour. La maison était décorée. Il ne manquait que les ballons à l'hélium. Maman revenait avec douze ballons dans la voiture. Il y en a un qui aurait explosé, ce qui expliquerait pourquoi elle a fait une embardée dans la voie opposée où circulait un gros camion de livraison. Maman n'aurait rien senti tellement l'impact a été puissant. Papa était inconsolable, comme si c'était lui qui avait été happé.

Je prends une gorgée, de vin cette fois-ci.

— Maman lui préparait un repas cinq étoiles tous les soirs. Elle avait développé cette passion parce qu'elle était femme de maison et qu'elle n'avait jamais pu avoir d'autres enfants. Et comme j'étais une bonne fille, cela lui laissait amplement de temps. Elle faisait pousser ses légumes, préparait ses propres conserves, cuisinait avec les meilleurs aliments et décorait ses plats comme un peintre son tableau. Quand elle est morte, c'est moi qui ai pris la relève. Le sourire de papa est tranquillement revenu. J'habillais ses repas de fleurs comestibles, lui faisais des paysages avec les aliments, utilisant les légumes tant pour leur qualité nutritionnelle que pour leur couleur. *Ta maman serait fière de toi ; tu es une bonne fille,* me disait-il entre deux bouchées. Il prenait même des photos de certains de mes plats et s'était mis à tapisser le mur du corridor avec ces délices encadrés. Les visiteurs avaient droit à la tournée. Papa se bombait le torse et décrivait le goût des différents mets exposés dans un théâtre gestuel de simagrées et de claquements de langue et de lèvres.

Je remarque que Mamadou, qui se presse habituellement à faire le service, prend, cette fois-ci, son temps. Cela me flatte. Et Freddy a le sourire fendu jusqu'aux oreilles, même s'il a entendu cette histoire plusieurs fois. Ça me fait d'autant plaisir. Je poursuis.

— Un jour, Robert a engagé papa, qui était comptable, pour ses affaires. C'est comme ça que j'ai rencontré mon futur mari : dans notre corridor gourmand. Le premier repas l'avait séduit. *Je n'ai jamais eu autant de plaisir à manger,* avait-il dit.

J'attends une réplique de Robert. Mais il baisse les yeux et pousse des miettes imaginaires sur la nappe avec ses doigts. Habituellement, c'est lui qui conclut notre histoire.

— Je lui avais répondu que ce n'était qu'un repas du mardi, que les samedis soir, je me lançais dans des symphonies gastronomiques. Il était revenu le samedi suivant. Le reste, c'est de l'histoire !

Après des « oh ! » et des « ah ! » du curé et du maire, Robert dit que c'est assez, qu'il faut parler de choses sérieuses, comme le voyage d'affaires qu'il entreprendra sous peu avec son ami le maire, qu'il décrit comme une pieuvre aux tentacules étendues dans tous les milieux de la société. *Sa ville, c'est la capitale de notre pays, un des plus puissants au monde,* répète-t-il. Le maire s'en lèche les doigts. Gertrude grogne de plaisir. Il parle des ententes qui seront signées, dont une qui jumellera deux villes, deux capitales. Des enfants seront choisis au hasard, dix de chaque ville, et les vingt jeunes porteront le message d'espoir. Je suis fascinée.

— Quelle merveilleuse idée ! Nous pourrions avoir des enfants de toutes les communautés !

Robert rétorque que seuls les enfants représentant le vrai visage de notre pays seront choisis.

— Mais voyons, Robert, tous les enfants représentent le « vrai » visage du pays, comme tu dis, qu'ils soient noirs ou blancs ou jaunes ou rouges ou quoi que ce soit.

Il précise qu'il parle des citoyens originaux, dont nous sommes les descendants.

— Ah bon ! Je ne savais pas qu'on avait du sang autochtone !

Jojo ! Le visage de Robert est pourpre. Il se reprend. *Joséphine !* Freddy et Lilly me dévisagent. Jamais ils ne m'ont entendue contredire Robert devant des gens : la règle d'or de la bonne épouse, la première loi. Et le pont à ne pas traverser est celui de l'ironie. Je viens de commettre deux fautes très graves. Hummm… Je ne crois pas qu'il y aura de *Bobbyyyy* ce soir…

De toute façon, de quoi te mêles-tu ? Il dit que mes opinions devraient se limiter à ce qu'on mange, pas à ce qu'on pense. *Ta place est dans la cuisine !*

Le maire ne semble pas avoir entendu cette insulte et parle toujours des dix enfants qui seront choisis pour la cérémonie médiatique. Il ajoute que sa nièce fait partie des enfants sélectionnés « au hasard ». Et l'ami de sa nièce aussi, ainsi que le fils du copropriétaire d'un de ses bars. Mais je n'entends plus. Mes oreilles bourdonnent. Mon cœur crie. Mes tripes saignent. Tout en même temps ! Robert ne m'a jamais parlé comme cela, surtout pas devant des invités, et surtout pas devant un curé ! Il faut dire que moi non plus. Mais je suis outrée ! Lilly s'en aperçoit. Freddy me fait signe d'un léger coup de tête de partir avec lui. Il indique le jardin. Je fais mine de vouloir aller donner des indications à Mamadou et invite Freddy à venir m'aider. Je marmonne quelques excuses de politesse en me levant de table. En passant près de Robert, je sors mes yeux AK-47, comme il dirait, et je vide ma cartouche dans son cœur, dans son ventre, et juste là, où se cache son petit « bobby », que j'ai envie de couper. ,

Aussitôt que je mets le pied dans le jardin, les digues cèdent et un flot de larmes se déverse, retenu jusqu'alors par la diplomatie et l'orgueil, deux barrages puissants. Je tremble de tous mes membres, à la fois de tristesse et de colère. *Ta place est dans la cuisine !* Il a raison, mais pas pour les bonnes raisons ! Ses mots résonnent dans ma tête et j'ai l'impression d'avoir été frappée. J'ai le cœur en mille miettes et Freddy se transforme en pelle à poussière, ce qui provoque d'autres sanglots, ceux de la culpabilité et de la honte, qui m'arrachent ce qu'il me reste du cœur. Qui étranglent ma raison. La réalité m'échappe.

— Mes pi… pi… lu… lules. Dans ma cham…

Je veux mes petites pilules vertes, celles pour les nerfs qui explosent. Freddy me prend dans ses bras et me serre fort, si fort qu'il commence à m'étouffer. *Arrête, maman, arrête. Je t'aime, moi.* Une autre digue cède et laisse la place à un courant aussi puissant, mais il s'agit cette fois d'un fleuve d'amour. Et d'espoir. Je m'accroche à ces mots. *Je t'aime.* Il y a si longtemps que quelqu'un me les a dits sur un ton si authentique. Profond.

La lame de fond est passée. La tempête se calme.

— Mes pi… pilules vertes, Freddy. Tu pourrais aller me les chercher, s'il te plaît ?

Il sort plutôt son porte-monnaie et en retire un joint coincé entre ses billets, aussi plat que sa carte de banque. Il me guide ensuite vers la piscine. Il détache mes sandales et libère mes pieds. Je m'assois avec lui et nous laissons tomber nos pieds dans l'eau. Freddy prend le joint, lui redonne une forme arrondie et l'allume. Il inspire deux bouffées et me l'offre. Je le prends et inspire aussi deux bonnes touches. L'effet est presque immédiat.

— Mon mariage est triste comme une porte de prison.

Les criquets chantent leur mélodie, insensibles à ma douleur.

— Je me sens impuissante.

Freddy reste silencieux. Il prend ma main dans la sienne et la serre chaudement. J'ai l'impression d'entendre sa question dans ma tête.

— Quitter Robert? Et puis après? Pour faire quoi? Tourner en rond dans une cuisine?

Aussi bien tourner en rond dans la cuisine ici. Au moins, j'ai Mamadou et Ping pour me tenir compagnie.

Nous fumons en silence. Je m'apaise. Freddy met son bras autour de mes épaules et entonne la chanson internationalement connue: *Quand les hommes vivront d'amour, il n'y aura plus de misère...* Des larmes coulent, douces, chaudes, pleines d'amour et d'espoir en cette jeunesse qui chante ces mots, cruellement vrais. Quand Freddy arrête de chanter, je pleure. Puis je ris. Je ris tellement que je pleure de nouveau. *Que veux-tu, maman?* Il prend quelques touches du joint, puis me le redonne. *Tu aimes ta vie?*

Je lui dis que j'aime son père, qu'il a un bon fond, mais que j'ai l'impression qu'il est étouffé, aveuglé par tout ce pouvoir insensé et insensible. Et que, non, je ne suis plus heureuse, que cela me tord le cœur de voir mon mari si stressé, malheureux dans son bonheur, assoiffé à mesure qu'il boit, insatiable. Une vraie drogue, le pouvoir. Légale en plus! Et puis qu'il prend toutes sortes de pilules, selon l'heure de la journée et la journée de la semaine.

— Si seulement il pouvait fumer un joint, ça le relaxerait peut-être…

Freddy rit. *Papa, fumer un joint! Il faudrait plutôt cuisiner le pot et le lui faire manger sans qu'il le sache.* Il rit à nouveau. Bientôt, nous rions tellement tous les deux que mes joues font mal et mon ventre se tord de douleur.

Mamadou sort dans le jardin pour m'avertir que les invités ont fini le dessert, ils partiront bientôt.

— Merci, Mamadou.

J'hésite, puis je lance:

— Dites-leur au revoir pour moi, racontez que je ne suis pas bien. Inventez quelque chose.

Oui, madame.

Freddy me demande si j'ai déjà pensé à quitter son père.

— Jamais!

Je réfléchis. Par contre, je voudrais bien retrouver la magie d'autrefois dans notre couple. Retrouver mon beau Bobby d'amour… Il est là, quelque part sous l'ivresse du pouvoir. La question de mon fils me fait réfléchir, me torture presque. Nous restons comme ça, en silence, pendant quelque temps.

— Freddy… J'aime bien cette idée de lui faire manger du cannabis. Connais-tu une recette?

Il s'esclaffe. Mais son rire cesse, comme un coït interrompu. Robert a ouvert la porte qui donne sur le jardin et crie à tue-tête. *Joséphine! Joséphine!* Il est enragé, cela s'entend dans sa voix. Freddy se lève et me donne la main pour m'aider à me relever à mon tour. *Je te trouverai des recettes, maman.* Il me serre très fort dans ses bras. *Et l'ingrédient principal aussi.*

5

LE CIRQUE

— Je ne te dis pas la scène qu'il m'a faite !

— Après ce qu'il t'a dit, c'est moi qui aurais fait une scène ! répète Lilly pour la troisième fois. Il t'a insultée devant tout le monde !

J'ai rarement vu Lilly s'emporter ainsi. Mais, comme elle m'a vue pleurer et que nous partageons tout, même les douleurs, elle a aussi mal. Couchées sur les chaises longues au bord de la piscine, Lilly et moi profitons du soleil d'après-midi, après deux semaines de pluie et de tempêtes ininterrompues. Sur les postes de télévision étrangers, on parle de changements climatiques, mais le grand Barré empêche toute discussion à ce sujet, prétextant ne pas vouloir alarmer la population. Et selon lui, de toute façon, parler de changements climatiques c'est laisser la parole aux communistes qui veulent changer notre système économique et voler notre argent !

— Ouais, mais la directive vient du premier ministre lui-même.

— Mais Barré n'a qu'à refuser! C'est le diffuseur public après tout!

— Il va perdre son job s'il fait ça.

Nous restons couchées en silence, regardant le ciel, sans aucun nuage. Que du bleu, à l'infini.

— En tout cas, depuis que je suis mariée à la politique, je n'y comprends plus rien. Il me semble qu'il n'y a rien de logique.

— On dirait que tu te réveilles, ma belle Jojo.

— Et puis, je n'en peux plus, Lilly. Robert est un étranger. Nous ne nous parlons plus. Nous ne rions plus. Je blague souvent à ce propos, mais c'est vrai : si je veux voir mon mari, je n'ai qu'à allumer le poste de télévision.

— Oui, il faut dire qu'on l'y voit souvent : le grand Barré le place toujours sous les beaux angles.

— Et le jeudi soir, immanquablement, il arrive toujours très tard. Je me demande si…

— Oui, mais il y a beaucoup d'événements qui se passent. Tu l'as dit toi-même : la politique est exigeante.

— Et lorsqu'il arrive le jeudi soir, vers 23 h 30, il saute dans la douche.

— N'a-t-il pas sa réunion du cabinet, le jeudi?

— Non, c'est le mercredi et elle finit vers 17 heures. Il revient fréquemment avec quelques-uns de ses collègues le mercredi. Mais je n'assiste jamais à ces dîners. Mamadou et Ping ont tout pris en main.

— Alors, qu'est-ce qui se passe le jeudi?

— Il dit qu'il a des réunions. Toujours des réunions. Mais le jeudi, c'est depuis qu'il a sa nouvelle assistante personnelle…

— Ah! Je ne l'ai pas rencontrée, elle. Comment s'appelle-t-elle?

— 36 EE.

— Pardon?

— Elle porte du 36 EE. Johanne. Elle a un corps à faire rêver. Et une paire de jos hallucinante…

— Ah! Jojo! Tu te fais des idées!

— Il ne m'a pas demandé de l'appeler Bobby depuis des lunes!

— Même pas une petite vite?

— Même pas!

Lilly reste pensive, ce qui n'est pas bon signe, elle qui a toujours réponse à tout.

Je croyais vraiment que la vie d'une femme de ministre était glorieuse, excitante, noble même, dis-je à Lilly. Je ne fais presque plus de cuisine. Je ne repasse plus, je ne lave plus, je ne nettoie plus, mes cadres sont toujours droits, la maison sent toujours bon, la cuvette est toujours impeccable. Et mon lit est froid.

— Je crois que j'aimais mieux ma vie avant, lorsque je travaillais, que je faisais ce que j'aimais. Là, on dirait que tout ce que j'ai à faire, c'est de paraître. Paraître belle et fine et polie et intéressée. Paraître…

— Aimes-tu toujours Bobby?

— Bobby, oui! Robert? Je ne le connais pas. Il est en train de m'échapper. Nous allons fêter notre trentième anniversaire de mariage bientôt. Depuis notre vingt-cinquième, nous parlons d'aller passer deux semaines sur une île exotique quelque part dans le Sud.

— Avez-vous décidé où?

— Depuis qu'il est devenu ministre, plus un mot! Et quand j'amène le sujet, il me dit qu'il n'a pas le temps de s'occuper de telles choses, qu'on en parlera un autre jour. Mais notre anniversaire s'en vient vite!

— Que feras-tu?

Je me lève avec un grand sourire sur les lèvres. Amusée, Lilly me demande:

— Tu as un plan?

J'affiche un rictus mesquin.

— Tu as un plan! Quel est-il?

J'émets un rire silencieux, qui finit par grimper du fond du plexus, là où les plans malins mais innocents naissent. Bientôt, je ne peux plus m'arrêter de rire. Et comme c'est contagieux, Lilly s'esclaffe elle aussi, puis ne peut plus s'arrêter non plus.

— Pourquoi rit-on? demande-t-elle finalement.

— Ah! Je dois te dire quelque chose avant. Considère ça comme le prologue.

J'hésite. Puis, je me lance.

— J'ai fumé un joint avec Freddy. En fait, ça fait plusieurs fois que je fume avec lui.

— Tu as quoi?

Elle crie presque.

— Chut!

Lilly chuchote.

— Tu as fumé du pot avec ton fils?

— Oui!

— Et puis?

— Je ne comprends pas tout le chichi qu'on fait au sujet de cette drogue. Ce n'est que de l'herbe, après tout.

— Je n'en reviens pas, ma Joséphine qui parle POUR une drogue!

— Peut-être, mais les fois où j'ai fumé avec Freddy, je n'ai pas pris de pilule pour dormir et, le lendemain matin, je n'étais pas toute gommée. Au contraire, j'étais reposée et j'avais les idées claires.

Mamadou sort dans le jardin. *Les invités sont arrivés, madame.*

— Merci, Mamadou.

Je me lève. Mais Lilly veut continuer cette discussion.

— Jojo! Dis-moi vite. Quel est ton plan?

— Un repas hors du commun. Viens. Je t'en parlerai après le dîner. Là, il faut aller «paraître», jouer la feintise. Et c'est avec le nouveau chef de police qu'il faut le faire.

— Il vient avec le maire?

— Bien sûr! C'est lui qui l'a nommé! C'est d'ailleurs le parrain de Fanny.

— Fanny est la filleule du chef de police?

— Oui! Ne le savais-tu pas?

— Non!

— Ne lis-tu pas les journaux à potins?

Lilly me regarde d'un œil curieux.

— Moi, lire les journaux à potins ?

Sur ce, Gertrude sort dans le jardin vêtue d'une jolie petite cape jaune et d'un chapeau assorti. Elle fait ses besoins au milieu du gazon et repart à l'intérieur. Mamadou se presse pour ramasser le tas.

Nous suivons Gertrude au salon. Elle connaît le chemin. Elle se dirige droit vers le sofa et grimpe aux côtés de son maître. *Tu es allée faire tes ti-besoins, ma tite-Gertrude d'amour ?* Le maire sort une bouteille de sa poche et arrose sa maîtresse de parfum. Du Yves Saint Laurent. Je reste clouée sur place.

— Ah ! Monsieur le maire, j'ai une bouteille de parfum identique, moi aussi.

Il lève les yeux tout en flattant la tête de Gertrude. Il me dit qu'il l'a prise dans la salle de bain sur un ton qui signifie : *Ah ! C'est peut-être la vôtre !*

— Euh… c'est parce que…

Robert, qui discute avec le chef de police, a tout entendu. Il me fait signe de me taire. Je hausse les épaules, lui montre mes paumes et le regarde en voulant dire : « C'est ma bouteille ! » Il vient près de moi et me susurre à l'oreille que *c'est juste du parfum. Je t'en achèterai une autre bouteille. On mettra ça dans les dépenses officielles.* Puis, il me prend le bras et me prie de bien vouloir venir rencontrer le nouveau chef de police. Je dois lever la tête comme si je cherchais quelque chose sur mon réfrigérateur pour le regarder dans les yeux tellement il est grand. Une armoire à glace. Il doit mesurer deux mètres, si ce n'est pas plus, et peser pas loin de cent trente ou cent quarante kilos, mais tout en muscle. Pas un gramme de gras. Ses cheveux sont pâles, d'une couleur difficile à déterminer puisqu'ils sont coupés ras, comme ceux d'un soldat. Ses yeux, bleu ciel, percent à travers ses sourcils, qui sont comme de gros cumulus flottant sur ses paupières presque invisibles tellement les nuages sont épais. Sa barbe et sa moustache sont coupées ras, comme ses cheveux, ce qui donne l'effet d'un papier sablé. La lumière fait briller les quelques poils blancs qui y poussent. Il porte un uniforme bleu marine orné de toutes sortes de décorations : des étoiles, des rubans, des boutons, des insignes de toutes les couleurs. Une ligne jaune court le long de son pantalon. Ses bottillons lacés jusqu'aux chevilles sont noirs comme Mamadou et brillent comme le front de ce dernier au soleil.

— Bonjour, monsieur. Je suis honorée de vous accueillir dans mon humble demeure.

Il me complimente sur ma cuisine, qu'il n'a encore jamais goûtée et qu'il ne dégustera pas, puisque c'est Ping qui a fait à manger. Nous parlons pendant quelques minutes, des phrases qui pourraient être dites par deux êtres quelconques, de deux univers différents, et qui repartent, sans rien apprendre ou comprendre du monde de l'autre ; deux êtres qui ont appris des mots protocolaires et qui les répètent pour respecter les règles de la bienséance. Une perte de temps. Un cirque. Je ne m'en rendais pas compte avant, comme une enfant qui voit un tigre sauter dans un cerceau pour la première fois, sans savoir – ou vouloir comprendre – que ce tigre, encagé à longueur de journée, vit dans des conditions misérables.

Le chef de police me demande ce que je fais de mes journées. La question m'embête. Je ne sais plus.

— Je travaille très fort pour garder cet homme en santé et en forme ! dis-je en flattant le ventre de Robert. Mais je crois bien vouloir me trouver un travail bientôt…

Robert me regarde, surpris. Le chef de police me demande pourquoi diable je voudrais travailler quand mon mari est ministre ! Il rit et demande à Robert ce qu'ils feraient sans leurs femmes, se retourne et oublie mon existence. Il ne remarque même pas celle de Ping, qui lui offre une bouchée sur un plateau. Ah, si ! Il prend la bouchée et l'avale, mais ne pourrait pas dire qui l'a servi ni ce qu'il a mangé. Par contre, s'il n'y avait pas de serviteurs ni de bouchées, il remarquerait leur absence, ça, c'est certain.

Le maire demande qu'on l'aide à se lever pour qu'il passe au petit coin. *Garçon !* crie Robert. Mamadou arrive au pas de course, mais le chef de police l'arrête au passage en posant une main sur sa poitrine. Il lui dit qu'il n'a pas besoin d'aide. Il se place devant le maire et, d'une main seulement, le tire du canapé. Il ne bronche pas d'un poil lorsque le pléthorique se relève. Le maire disparaît aux toilettes avec sa Gertrude et nous passons à table.

Robert fait son discours de bienvenue traditionnel et l'entrée est servie. Mais personne ne commence à manger car tout le monde attend le maire, toujours à la salle de bain. Au bout de dix minutes, il arrive finalement, de bonne humeur, le visage rougi, les yeux vitreux. Les trois hommes entament une conversation et parlent comme si Lilly et moi n'étions pas là. Gertrude est tombée endormie sur la chaise, ronflant bruyamment. Le maire parle tout en lui flattant les bajoues.

Avec le chef de police à la table, la discussion tourne autour de la sécurité de nos sociétés, des manifestations qui se multiplient, de l'augmentation du terrorisme dans le monde et du dernier accident meurtrier où un policier a été obligé de se défendre en tuant un Noir.

— Un accident meurtrier ? demande Lilly. Le Noir n'était pas armé !

Le chef de police la toise, puis lui dit qu'elle ne comprend pas le danger que représentent les Noirs. Lilly s'apprête à répliquer mais s'arrête en voyant le regard de feu de Robert. Le maire ajoute que ce ne sont pas juste les Noirs qui sont dangereux, les jeunes aussi. Robert opine du bonnet et ajoute que les jeunes ont gaspillé le temps de toute la société lorsqu'ils sont sortis dans la rue, pendant des mois, réclamant des choses ridicules, comme la gratuité scolaire.

— Ridicule?

Je ne peux m'empêcher d'intervenir.

— Les jeunes, pas juste ici mais partout dans le monde, réclament la fin de l'injustice et dénoncent l'ironie de devoir travailler la moitié de leur vie pour rembourser des frais de scolarité qui ne cessent d'augmenter. Si on pouvait comprendre...

Robert m'interrompt et s'excuse auprès des hommes de mon intervention. Je fais fi de sa remarque et je poursuis.

— Si on pouvait comprendre que l'éducation est un investissement, et pas une dépense, que le peuple représente l'atout le plus précieux...

Joséphine! Robert est rouge de colère. Gertrude jappe. Le maire lui demande ce qu'elle veut. Le chef de police reprend la conversation. Il parle du dernier attentat terroriste qui a frappé une grande ville et des possibilités que la nôtre soit aussi frappée ; que l'augmentation du budget en ce sens sera nécessaire. Je comprends que Robert et le chef de police ont déjà conclu une entente à ce sujet.

— C'est une chose d'augmenter les budgets de sécurité, mais c'en est une autre de s'attaquer au réel problème du terrorisme.

Ah! Madame s'y connaît en matière de sécurité? L'ironie avec laquelle Robert a prononcé cette phrase me brise le cœur.

Le chef de police me demande tout de même d'élaborer.

— Eh bien, si on éliminait l'injustice et l'inégalité entre les gens, et entre les peuples, nous n'aurions pas ce genre de monde.

Robert pouffe de rire. Le maire l'imite. Lilly s'offusque à son tour et intervient.

— Voyez-vous, la réponse normale est que, lorsque quelque chose ne va pas, on bombarde, on tue, on frappe. Et puis après ? Chaque bombe crée cent autres « terroristes », comme vous dites, affirme-t-elle en mimant des guillemets avec ses doigts. Et si on se parlait ? Toutes les guerres du monde ont fini par des négociations. Alors, pourquoi ne pas commencer par elles ?

Cette fois-ci, c'est le chef de police qui pouffe de rire. Robert note à quel point on ne comprend rien. Que la guerre est la seule réponse. Et que, de toute façon, cette lutte vers la paix est extrêmement bénéfique pour nos économies, les contrats d'armement faisant vivre beaucoup de nos concitoyens. Je ne peux m'empêcher de parler. Je me fous du volcan, on dirait. J'enfonce le couteau.

— En fabriquant des choses qui tuent ? Avant, on fabriquait des armes pour combattre des guerres. Maintenant, on fabrique des guerres pour vendre des armes. Et vous pensez vraiment que c'est moral ?

Les trois hommes me regardent comme si « moral » était un mot tabou. Lilly et moi attendons une réponse. Qui ne vient pas. Le chef de police, le maire et Robert s'excusent puis passent au bureau *pour prendre un cigare et parler de choses sérieuses sans être interrompus.*

Lilly et moi restons assises à la table en silence. Je pose ma tête entre mes mains et des larmes se mettent à couler. Lilly vient s'asseoir près de moi et me prend par les épaules.

— Décidément, il me faut un changement. Je ne peux pas continuer ainsi.

— Que comptes-tu faire, Jojo ?

Mon plan me revient en tête. Je souris.

— Tu mijotes quelque chose ?

— Oui. Et j'ai besoin de ton aide.

Comme je vais lui dévoiler mon plan, son cellulaire sonne.

— Merde. Une urgence. Ils ont besoin des photos pour ce soir. Je passe demain matin, tu me raconteras tout !

Elle m'embrasse et part.

Assise seule à cette grande table, je prends une décision : je vais redevenir maître de ma vie.

6

LE PLAN

Debout dans ma cuisine, Mamadou, Ping et moi planifions le grand dîner prévu dans un mois. Lilly entre, tout sourire, insouciante, comme d'habitude. Lorsqu'elle nous aperçoit, elle marche sur la pointe des pieds. Elle se prépare un café alors que nous finissons notre réunion. Ping part ensuite faire les courses et Mamadou s'installe dans la salle de lavage pour repasser le linge.

— Alors, tu me racontes?

— Je veux remettre du piquant dans ma vie.

— Oui, je sais.

— Je veux retrouver mon Bobby.

Lilly me toise.

— Tu as un regard malin. Qu'as-tu mijoté?

— Un repas hors du commun.

— Pour qui?

— Dans un mois, nous recevrons un président, notre premier ministre et sa femme, le maire et sa maîtresse. Sa femme devait venir, mais elle s'est ravisée.

— Dommage. Prochaine fois peut-être. Qui d'autre?

— Le chef des médias, ton ami, Barré.

— Hahaha. Très drôle.

— Le curé, le chef de la police...

— Et c'est pour quelle occasion?

— La signature d'un accord entre notre pays et un autre. Attends... C'est lequel? Ah, voilà! Un accord avec l'Afrique.

— Jojo. Il y a cinquante-quatre pays en Afrique. Lequel?

— Hummm... Ce n'est pas écrit. Mais le président vient avec quatre femmes.

— Pourquoi quatre femmes?

— Je ne suis pas trop certaine. Ce doit être sa femme et ses filles, car elles portent toutes son nom. Mes deux fils, Charlotte et Fanny y seront aussi.

— Combien serez-vous?

Je fais le calcul.

— Dix-neuf personnes. Sans les gardes du corps: six pour le président et trois pour le premier ministre. Neuf gorilles, dont trois seront postés dehors, et le reste dans la maison. Mais, bien sûr, ils ne mangeront pas avec nous. On me demande de leur faire cuire une grande lasagne, juste pour eux.

— Une lasagne? Pourquoi une lasagne?

— Je ne sais pas, Lilly. C'est ce qui est écrit sur mon papier.

— Et tu fais tout ce que les papiers te disent?

— Ceux du gouvernement, oui.

Elle me regarde, l'air cynique.

— Ah! Et puis, ne commence pas! Bref, tu te joins à nous, puisque nous serons ainsi vingt convives. C'est parfait!

— Génial! Et ton menu?

Je la regarde d'un œil moqueur. Je suis sur le point de le lui dire, mais un rire trébuche par-dessus mes mots et sort en premier. Je ris tellement que je ne peux plus m'arrêter. Lilly se met de la partie et rit aux larmes sans savoir pourquoi. La tête de Mamadou apparaît dans le cadre de la porte. Il sourit et disparaît.

— Tu sembles avoir un bien drôle de menu, réussit-elle à dire. Tu vas finir par me dire ce que tu mijotes?

Une fois calmée, je le lui annonce.

— Alors, j'ai deux personnes végétariennes, une végétalienne, une piscivore, une allergique aux noix, une intolérante au lactose, deux intolérantes au gluten, deux allergiques aux fruits de mer.

— Bordel! Comment vas-tu t'en sortir?

— Facile. Je cuisinerai du bœuf, du poulet, des fruits de mer, du poisson, du tofu, des salades, des sauces. Il y en aura pour tous. Et je mettrai le même ingrédient dans chacun de ces plats.

— Le même? Que veux-tu dire? Lequel?

Je la tire par le bras vers un coin de la cuisine.

— Une herbe.

— Laquelle?

— Le cannabis.

Lilly va parler, mais sa bouche reste ouverte. Aucun son ne sort. J'attends, le sourire fendu jusqu'aux oreilles. Finalement, elle s'exclame :

— Jojo ! Tu ne peux pas être sérieuse !

— Tout à fait !

— Es-tu tombée sur la tête ? Et puis, avec tout ce pot, les gens vont tomber comme des mouches. Aussi bien réserver les ambulances tout de suite ! On va tous faire une surdose !

— Impossible !

Elle ne m'entend pas et continue de parler.

— Surtout avec le maire et son appétit... Et le chef de police, bâti comme il est, mange pour quatre, et le président...

— Lilly !

Je baisse le ton.

— Il est impossible de faire une surdose au cannabis, puisque nous avons des récepteurs cannabinoïdes dans le cerveau. Freddy m'a tout expliqué.

— Des récepteurs quoi ?

— Peu importe. L'important, c'est qu'on ne peut pas mourir de surconsommation de cannabis. Par contre, il y a de très rares cas d'allergie et il est théoriquement possible de mourir d'un choc anaphylactique, j'imagine. Mais de surdose, non.

— Mais on peut devenir dingue ! Tu y penses, Jojo, à ce que tu me dis ? C'est une porte ouverte vers la schizophrénie ou la psychose ou...

— Ah ! La propagande ! Pas du tout ! Cela affecte une infime proportion de gens, entre deux et cinq pour cent de la population, et ce n'est vrai que pour ceux qui en sont déjà atteints ou qui ont une prédisposition à ces maladies, qui portent un gène en particulier. Le cannabis peut en effet exacerber la condition si la personne en consomme lors de son adolescence, alors que son cerveau n'a pas fini de se développer. Mais, pour la majorité du monde, le cannabis ne présente aucun danger, bien moins que l'alcool et les médicaments, en fait! Est-ce qu'on va tous les priver des vertus thérapeutiques du cannabis à cause des quelques-uns qui subissent des effets non désirés? Tu sais qu'on en prescrivait à la reine Victoria pour soulager ses symptômes prémenstruels? Tu sais que...

Lilly lève la main et me fait signe d'arrêter. Elle me regarde et ne sait pas si elle doit rire ou me croire. Elle me touche le front avec le dos de sa main.

— Mais tu es tout à fait sérieuse! Du pot dans les plats destinés à un président, à un premier ministre et...

— Chut!

Je me retourne pour voir si Mamadou est là. J'entends le fer à repasser respirer dans la salle de lavage, attenante à la cuisine.

— Viens qu'on aille dehors où il y a moins d'oreilles...

— Attends, je me fais un café. J'en ai besoin. Et très fort, s'il te plaît!

Au même moment, Mamadou sort de la salle de lavage et offre de nous faire du café, qu'il nous apportera dehors.

— Merde! dis-je à Lilly en nous rendant à la gloriette dans le jardin. Et s'il nous a entendues?

— Je ne crois pas que nous bavardions assez fort.

Nous parlons de pluie et de beau temps en attendant Mamadou. C'est un sujet qui inquiète de plus en plus. Il y a eu de la pluie cet hiver, ce qui ne se voyait pas avant. Lilly remarque qu'on ne peut presque plus patiner près de chez elle.

— La glace dure un mois. Quand j'étais petite, c'était quatre mois.

Mamadou arrive avec un plateau contenant du café, des biscottes, du lait et du sucre. Et un petit vase avec deux roses. Il nous remercie.

— C'est nous qui vous remercions, dit Lilly.

Sans vous, je ne gagnerais pas mon pain. Alors, merci, mesdames. Et il repart.

— En tout cas, s'il a compris plus tôt dans la cuisine, il n'en laisse rien paraître.

— C'est son travail, Lilly. Je sais ce que c'est que d'être expert en « paraître »!

— Alors, tu vas de l'avant avec ton plan?

— Tout à fait, lui dis-je en chuchotant, même s'il n'y a personne autour. Je cuisinerai tout avec du cannabis.

Lilly ne rit plus. Elle reste pensive. Puis elle me demande de lui répéter pourquoi au juste je voudrais faire une telle chose.

— J'en ai marre. Je n'ai plus de vie. Je n'ai plus de passion. Quand je fume avec Freddy, les soucis s'évaporent. Je ne prends plus mes pilules pour dormir ni mes anxiolytiques. Je ne souffre plus de crises de panique. Je ris. Mais seule! Ou avec Freddy. Ou avec toi, Mamadou ou Ping. Mais pas avec Bobby.

Je marque une pause.

— Je veux retrouver du piquant dans ma vie avec Robert. Je veux retrouver mon Bobby.

— Pourquoi faire ça avec tout plein de gens, alors? Surtout avec le président d'un autre pays? Fais-toi un bon petit repas avec ton Bobby, en tête à tête.

— Lilly! Sais-tu depuis combien de temps j'essaie d'avoir une soirée seule avec mon mari? Je dois appeler son assistante personnelle afin qu'elle trouve un moment pour qu'on se parle cinq minutes!

Nous restons pensives toutes les deux.

— Et puis aussi, tu sais, Lilly, tant qu'à vivre dans un cirque, aussi bien créer le spectacle.

Lilly s'esclaffe.

— Ça fait longtemps que j'attends que tu te réveilles! Si j'avais su que c'était un joint qu'il te fallait! D'ailleurs, tu n'en aurais pas un?

— Lilly!

— Ben quoi?

— Non, pas ici. Mais Freddy en a sûrement.

Lilly reste songeuse.

— Jojo, le fumer est une chose, mais l'ingérer en est une autre…

— En fait, c'est bien meilleur pour la santé de le manger que de le fumer. Ça peut régler toutes sortes de problèmes. Le fumer est non seulement récréatif, mais aussi très efficace contre la nausée, les douleurs et les tremblements. C'est prouvé. L'ingérer apporte toutefois une panoplie de bienfaits.

Je lui explique que le pot contient près de cinq cents ingrédients dont quatre-vingt-six composants qui sont uniques au cannabis. Ce sont ces derniers qui sont utilisés pour traiter de façon palliative ou curative plus de cent maladies. De tous les composants du pot, nous n'en connaissons généralement – et malheureusement – qu'un : le THC, l'ingrédient psychoactif. Mais ses vertus, comme celles des autres composants, sont remarquables : le cannabis est reconnu pour ses propriétés anti-inflammatoires, antibactériennes, antioxydantes, antispasmodiques, analgésiques, antiépileptiques, antifongiques, anti-insomnies, antidouleurs, antinausées.

— Et imagine-toi donc qu'on vient de dévoiler que le cannabis a de remarquables propriétés anti-cancéreuses et peut même guérir certains cancers !

— Eh bien, là, tu pousses un peu trop fort, Jojo. Si on avait un médicament contre le cancer, on le crierait sur tous les toits !

— L'industrie pharmaceutique n'en parle pas car elle perdrait des milliards, que dis-je, des centaines de milliards de dollars !

Je m'entends répéter les mots de Freddy.

— L'Institut national du cancer a lui-même publié une étude à ce sujet. Il reconnaît les propriétés anticancéreuses du cannabis, démontrées d'ailleurs par plusieurs centres de recherches sur le cannabis au monde, dont un en Israël. Mais puisque c'est une plante, et pas n'importe quelle sorte de plante, une mauvaise herbe qui pousse facilement et à peu près n'importe où, et qui coûte, théoriquement, deux fois rien, eh bien…

— On étouffe ses bienfaits.

— C'est un peu comme l'énergie solaire face aux combustibles fossiles. Mamadou me faisait comprendre l'autre jour à quel point le caractère démocratique et accessible de quelque chose, comme l'énergie solaire – le soleil n'appartient à personne, contrairement aux combustibles fossiles –, fait peur à l'*establishment* qui contrôle l'économie et en profite. Dans ce cas-ci, le cannabis représente une menace pour le pouvoir politique et économique en place.

— Pour la mafia politique et pharmaceutique…

— Exactement. Et c'est pourquoi on la classe avec les drogues dures, comme l'héroïne, la cocaïne et le crack, des drogues qui causent toutes une dépendance ainsi que des dommages sérieux et souvent irréversibles, quand ce n'est pas la mort.

Je lui raconte tout ce que Freddy m'a appris au sujet de cette plante.

— Alors, si c'est si bon…

— Mais il faut plus de recherches. Nous n'en savons pas assez. Les gens qui se découvrent un cancer, par exemple, ne peuvent tout de même pas faire pousser du pot dans leur cour et s'attendre à se soigner. Il faut un laboratoire pour extraire l'huile brute de la plante, pour obtenir la résine épaisse et visqueuse, très concentrée, nécessaire au traitement. Ce n'est pas une plante miracle, mais il faudrait tout de même reconnaître ses propriétés médicinales incontestables.

— Et ça, c'est un devoir politique, conclut Lilly.

Elle se tient la tête à deux mains, puis la brasse.

— Quelle histoire !

Elle n'en revient toujours pas.

— Petit détail : où te procureras-tu le cannabis ?

— Freddy a dit qu'il peut m'en avoir, mais je ne veux pas le lui demander. Si jamais…

— Combien t'en faut-il ?

— Un kilo.

— Quoi ? Un kilo ?

Lilly est prise d'un fou rire.

— Nous serons vingt, Lilly. Tu as vu le nombre de plats que je dois cuisiner ? Et j'en mettrai même dans le dessert ! Je veux être certaine de ne pas en manquer. Freddy m'a donné plein de recettes.

— Ne vaut-il mieux pas faire un test avant ?

— Ce sera ça, mon test. J'aurai assez de cobayes !

— Jojo ! Un président, un premier ministre, un curé, un maire…

Lilly est abasourdie.

— Depuis le quart de siècle ou à peu près que je te connais, très chère Jojo, je n'aurais jamais imaginé, même dans mes rêves les plus fous, t'entendre dire ou planifier de telles choses. Le chef de police sera là ?

— Bien sûr !

Elle s'esclaffe puis reprend un visage sérieux.

— N'est-ce pas risqué ?

— Évidemment !

— Mais tu n'as pas peur ?

— Peur de quoi ?

— J'ai besoin de m'étendre, Jojo.

Nous prenons chacune place sur une chaise longue sur le bord de la piscine et regardons le ciel, aujourd'hui plein de gros cumulus. Je m'amuse à imaginer des formes dans les nuages.

— Tiens, voilà un lapin !

Lilly n'écoute pas.

— Et le but de toute cette opération, tu peux me le rappeler ?

— Lilly, si Robert ne me demande pas de l'appeler Bobby après ça, alors j'abandonne. Je pars.

— Où ?

— Je ne sais pas. Une île dans le Sud, tiens.

— Écoute, Jojo, si c'est d'une baise que tu as besoin…

— Il s'agit de mon mari, de mon mariage, d'une vie avec un homme et deux enfants. Je suis prête à tout pour remettre du piquant dans mon couple.

— Je vois bien ! Mais n'es-tu pas inquiète ?

— De quoi ?

— Je ne sais pas, si le pot aux roses est découvert…

— Je ferai attention. Et puis, si les symptômes sont trop forts, on parlera d'un empoisonnement alimentaire quelconque. Mais si tout le monde est *stone*, personne ne s'en apercevra. De toute façon, quel est le pire qui puisse arriver?

Lilly ne répond pas. Je me pose aussi la question. Qu'est-ce qui peut bien arriver, à part une grosse rigolade? Et une bonne baise! Je ris toute seule. Lilly est toujours pensive.

— Si ça fonctionne, j'en mettrai dans ses plats plus souvent.

— Et si ça ne fonctionne pas, je pars dans le Sud avec toi, Jojo.

Cette fois, c'est elle qui pouffe de rire. Au même moment, Mamadou apparaît dans le jardin et s'approche de nous.

— Oui, Mamadou?

Il m'annonce que *monsieur le ministre* fait dire qu'il a une réunion ce soir, qu'il ne rentrera pas.

— Merci, Mamadou.

Je me retourne vers Lilly.

— Tu vois? Il ne m'appelle même plus sur mon cellulaire pour me parler. Il passe par nos domestiques.

Lilly réfléchit.

— Et Mamadou et Ping, tu le leur diras?

— Hummm… Vaut mieux pas.

— Comment vas-tu faire?

— Je mijote ça, Lilly. Je mijote ça. Mais il faut avant tout se procurer l'ingrédient principal!

— Je n'ai aucune relation pour acheter de la drogue. On pourrait aller au bar de Freddy samedi soir? Tous les drogués se tiennent là.

— Mais voyons! «Tous les drogués»... Quels préjugés, Lilly!

— Nous le savons tous, Jojo, que les bars du bas de la ville rassemblent les drogués...

— Freddy adore son travail!

— Je n'ai pas parlé de l'amour du travail de ton fils, mais de ceux pour qui il joue de la musique.

— Bon, bref. Passons. Tu pourrais y aller, toi?

— Avec toi.

— Voyons, Lilly! Tu imagines si Robert apprend que je suis allée dans ce bar!

— Mais ton fils y joue de la musique!

— Ça ne fait rien. Et la première page du journal? *Femme de ministre dans un bar de perdus au centre-ville, prise à acheter du cannabis.*

— Et moi, je serais *l'amie de la femme du ministre dans un bar...*

— Ça ne ferait pas la première page...

Lilly se met le visage dans les mains et reste ainsi pendant un long moment.

J'ai besoin d'elle.

— Tu es ma complice à vie, Lilly. Combien de fois t'ai-je demandé une faveur?

Elle sort son visage de sa cachette et lève la tête.

— Es-tu vraiment sérieuse? Tu veux que je t'énumère toutes les fois où...

— Bon, bon, bon. Tu as raison. Laisse faire.

— J'irai, finit-elle par dire.

— Merci! Mais j'y pense, tu ne peux pas acheter un kilo d'un coup. Ça risque d'attirer l'attention. Vas-y pour deux cent cinquante grammes à la fois.

— Et prendre un risque quatre fois ?

— Ouais, ce n'est pas idéal…

— Et si tu en demandais à Freddy ?

— Il n'en est pas question !

— Mais tu fumes avec lui !

— Et puis ? Je ne veux pas l'impliquer.

— Ouais, tu as raison. D'accord, Jojo. Je vais t'aider.

— Merci Lilly. Je n'ai plus rien à perdre. C'est ça ou je pars. Ma vie doit changer.

7

LA MAUVAISE NOUVELLE

La course au cannabis s'avère plus compliquée que prévu. D'abord, j'insiste pour qu'il soit bio. Aucun insecticide ou pesticide ou herbicide ne doit avoir été utilisé pour le faire pousser. Comme pour ma nourriture, j'exige que tout soit cultivé naturelle-ment, sans engrais ni produits chimiques. Ensuite, la quantité nécessaire est un problème. Le pre-mier samedi soir, après que je lui ai dévoilé mon plan, Lilly est sortie dans un bar du bas de la ville – pas celui de Freddy. Elle y est restée plus de trois heures avant de trouver le courage de demander au barman s'il connaissait quelqu'un qui pour-rait lui vendre du pot. Il avait indiqué d'un coup de menton un jeune homme qui jouait au billard et lui avait suggéré de lui dire qu'elle cherchait Marie-Jeanne.

— Marie-Jeanne? Une femme qui vend du pot?

— Non, Jojo! Dans le jargon populaire, on appelle le pot « Marie-Jeanne ». Ou simplement MJ. Le vendeur m'a fait répéter deux fois la quan-tité que je cherchais. Il ne vend qu'au gramme. Il ne pouvait pas me donner deux cent cinquante petits Ziploc! Il m'a dit de prendre un verre au bar et il est revenu une heure plus tard avec ceci.

Lilly sort un gros sac de pot.

— Wow! Un kilo?

— Non! Seulement un quart de kilo!

Debout dans la dépense, dont la porte est fermée, Lilly ouvre le sac de pot. Je n'ai pas besoin de m'y mettre le nez. L'odeur est si forte que j'ai l'impression que les effluves s'échappent dans toute la maison!

— Vite! Referme ça! Je le mettrai au congélateur en attendant le reste.

— Mais ça sent si fort! Comment comptes-tu mettre cette herbe dans tous les plats sans que les gens s'en aperçoivent?

— Ce n'est pas l'herbe qu'il nous faut, mais ce qu'elle contient. Je dois faire un beurre – ou une huile – avec lequel je cuisinerai les plats, car les composants ne s'activent que lorsqu'ils sont chauffés. Les feuilles, nous ne les gardons pas. Je passerai tout au tamis.

On cogne à la porte de la dépense.

— Vite! Cache le sac de pot!

Je le lance dans les mains de Lilly. Elle me le relance. On cogne encore.

— Madame?

C'est Ping.

— J'ai besoin de sucre, madame.

— Un instant, Ping! Nous ouvrons!

Je baisse le ton.

— Elle doit se demander ce que diable nous faisons dans le garde-manger à chuchoter !

— Jojo, des gens qui servent du filet mignon à un bouledogue vêtu d'une cape et d'un chapeau doivent trouver que deux amies qui papotent dans un garde-manger est plutôt innocent.

Je réfléchis tout haut.

— Je ferai mon huile le jeudi soir précédant le repas. De toute façon, je suis toujours seule. Le samedi, nous cuisinerons toute la journée.

— Que feras-tu de Mamadou et de Ping ?

— Une chose à la fois, Lilly. Une chose à la fois.

Nous sortons du garde-manger, affichant le mieux possible un air innocent.

— Des choses de filles… dis-je en guise d'excuse devant Mamadou et Ping.

Puis, je me retourne vers Lilly en lui tenant l'épaule.

— Ça ira, mon amie ? Passe à la pharmacie, achète ce que je t'ai recommandé et tout ira bien. C'est bon ?

Lilly acquiesce, salue Ping et Mamadou, et part. Au même moment, mon cellulaire sonne. C'est Johanne, l'assistante de Robert. Elle m'annonce qu'il viendra souper ce soir avec le chef de police et le maire, mais que ma présence n'est pas requise. C'est une façon polie et détournée de me dire de foutre le camp. Ou de rester dans ma chambre. Il a commencé ça, récemment. Auparavant, le vendredi soir était un soir sacré, toujours passé en compagnie de Robert. En fait, le vendredi soir, nous étions Jojo et Bobby, habillés en mou, étendus sur le divan à regarder un film, à le mettre sur pause pour discuter pendant cinq minutes, ou une heure, ou pour faire l'amour, ou pour manger un peu, puis à le remettre. Je ne laisse pas paraître ma déception au téléphone.

— Eh bien, justement, j'avais prévu aller au cinéma ce soir, avec Freddy.

Je raccroche, attristée. Mais quelques secondes plus tard, je suis plus déterminée que jamais ! Et c'est exactement ce que je fais. J'appelle Freddy. Pourquoi me morfondre ? À ma grande surprise, mon fils est enchanté ! Je donne les directives à Ping et à Mamadou pour le souper, puis je pars pour la soirée, heureuse et légère. Je conduis ma propre voiture. Je n'ai de comptes à rendre à personne.

Nous nous rencontrons pour prendre un verre puis allons visionner le film *Invictus*, de Clint Eastwood, au sujet du coup de maître de Nelson Mandela, lorsqu'il a profité de la Coupe du monde de rugby, en 1995, pour unir les différents peuples d'Afrique du Sud, alors que le rugby était le sport national des Blancs, particulièrement des Afrikaners. Nous restons longtemps assis dans le cinéma après le film. Freddy est loquace et je prends le temps de l'écouter. Il parle de justice sociale, de musique, de sport, de Nelson Mandela, de Mamadou, de racisme. Si seulement son père et son frère pouvaient l'entendre ! Jamais il ne parle ainsi en leur présence. Enfin, nous nous promettons de répéter cette expérience plus souvent.

— Un garçon de vingt-trois ans qui veut sortir avec sa maman... Qui l'eût cru?

Il sourit et me prend la main. Je le laisse conduire ma voiture jusqu'à son appartement. Il ne m'invite pas à monter. *Ce n'est pas propre. Tu vas te mettre à faire la vaisselle!* Je lui promets que non. Il me fait remarquer que son père n'a jamais daigné le visiter. J'insiste et il me laisse entrer. Lorsque je mets le pied dans l'appartement, je remercie le ciel que Robert ne soit pas venu. En effet, sa petite pièce est encombrée de vêtements, de vaisselle, de tasses à café et d'instruments de musique – deux guitares acoustiques, une à six cordes et l'autre à douze cordes, une flûte traversière, un clavier. Il y a aussi plein de fils et de machines avec des lumières et des boutons. *Je fais des mix,* justifie-t-il. Sur la table de cuisine, parmi les cahiers de musique, les journaux et les papiers, je vois un petit Ziploc avec du pot. Je l'examine. Freddy n'en fait pas de cas. Je m'interroge: devrais-je lui divulguer mon plan? Hummm... Je lui demande plutôt de me montrer comment rouler un joint.

Il s'esclaffe et se tape la cuisse avec la main pendant quelques secondes. *Bien sûr! Fiston va montrer à sa* mouman *comment faire un joint.* Je ris à mon tour. Il me donne du papier à rouler et s'en prend une feuille, tout en m'expliquant comment il faut la tenir, la remplir, la rouler, la lécher. Je suis ses gestes et tente de rouler. Puis de lécher le papier. Une fois que j'ai terminé, ce que je tiens dans les mains ressemble plus à un bout de papier effoiré et multiforme qu'à un joint. Il propose qu'on fume le sien plutôt.

— Tu en achètes beaucoup à la fois ? Il faut faire attention, tu sais.

Il répond qu'il n'achète pas plus de deux ou trois grammes à la fois. *Ils te foutent en taule pour seulement dix grammes !* Je décide alors de ne pas lui dévoiler mon plan. Pour l'instant. Une chose à la fois.

Lorsque je rentre à la maison, vers 23 h 30, le maire dort sur le sofa, son cellulaire dans les mains, sa chemise décorée de sauce brune. Gertrude et son maître ronflent en alternance. Le chef de la police et Robert sont dans la grande salle à manger, assis au bout de la table.

— Ah ! Bonsoir ! Vous êtes toujours là ? Tout va bien ?

Robert me salue de la tête et ne se lève pas. *Nous parlons de choses sérieuses.* Cela indique que mon absence serait appréciée. Le chef de police se lève pour me saluer. Il me prend la main poliment et me remercie pour le délicieux repas. Il est vêtu d'un simple t-shirt bleu marine dont le tissu des manches est étiré au maximum pour faire le tour de ses biceps. Son torse semble aussi ferme que mon patio de béton. Il porte un jean noir et des chaussures de bateau, en cuir bleu, lacées avec un cordon blanc qui forme une boucle sur le dessus. Il semble prêt pour l'aventure. Son maillot porte l'inscription du club de foot de la police.

— Ah ! Justement ! Je suis allée voir un film sur le rugby ! *Invictus,* vous connaissez ?

Il lève les yeux au plafond pour réfléchir et répond que non.

— C'est au sujet de Nelson Mandela et de la Coupe du monde de rugby de 1995.

Ah oui ! Le gars qui est devenu président de l'Afrique !

— En fait, c'est de l'Afrique du Sud, dis-je poliment pour le corriger.

Ah ! Le Sud ou le Nord, ils sont tous pareils : ben foncés ! Et il rit. Ce qui ne me surprend pas et ne me froisse pas. Mais que Robert l'imite me fout en rogne. Je décide de ne pas commenter ni continuer cette conversation. Celle avec Freddy était bien plus intéressante.

Je leur souhaite le bonsoir. Je donne la main au chef, qui se rassoit. Je m'approche de Robert pour l'embrasser sur la joue, malgré tout, pour faire la bonne épouse, mais il agite la main, comme on fait pour chasser une mouche. Ce n'est pas ce soir qu'il va me demander de l'appeler Bobby... Et puis, même s'il me le demandait, je crois que je refuserais, ce que je n'ai jamais fait en trente ans de mariage...

Les deux hommes continuent de parler, mais en chuchotant. Ils ont chacun leur cellulaire entre les mains et les écrans semblent indiquer que d'autres gens participent virtuellement à la discussion. Dans la cuisine, Ping est assise au bout du comptoir. Tout est propre et impeccable. Elle attend que les hommes partent, au cas où ils auraient besoin de quelque chose. Je lui souhaite une bonne nuit. C'était mon rôle avant. De celui-là, je ne m'en ennuie pas.

Le lendemain, Robert reçoit un appel à 7 heures. Il répond, marmonne quelques mots, raccroche et m'annonce qu'il doit partir.

— Un samedi matin? Ne peuvent-ils pas te laisser tranquille, pour une fois?

Je me colle contre lui, mais il me repousse. Il m'accuse d'être naïve. Il me rappelle qu'il détient le portefeuille le plus important du gouvernement d'un des pays les plus importants du monde; que la planète traverse une crise financière sans précédent et qu'il doit diriger en donnant l'exemple. Qu'en fait, il est un des ministres des Finances les plus importants du monde! S'il avait des bretelles, son torse et son ventre seraient tout rouges. Non, assurément, je ne le reconnais plus, mon Bobby.

Je passe la journée à faire des courses avec Ping, en prévision du grand souper qui aura lieu dans deux semaines. Je commence à être nerveuse. Je n'ai que le quart de mes provisions de Marie-Jeanne. Lilly va tenter d'acheter tout le reste ce soir. Nous avons conclu qu'il vaut mieux y aller moins souvent et minimiser les risques, car, de toute façon, que ce soit deux cent cinquante ou sept cent cinquante grammes, ça signifie la prison, ou du moins de sérieux troubles avec la loi.

Sans Lilly, je m'aperçois que je n'ai plus grand-chose. Robert est toujours parti, les enfants sont grands et ont leur vie, et, de toute façon, Samuel habite loin d'ici. Je vois Freddy de temps à autre, même s'il est très occupé. Il tente de mettre sur pied une proposition pour la commission scolaire, pour intégrer la musique dans un programme holistique, de la maternelle à la fin du secondaire. Son père dit qu'il perd son temps, car, justement, le gouvernement va couper les programmes de musique à l'école. *Une perte d'argent! Qu'est-ce que ça rapporte ?* L'engueulade qu'ils ont eue ! Décidément, Freddy et Bobby ne voient pas la vie du même œil. Jamais je n'ai entendu mon mari élever la voix auprès de Sammy. Avec Freddy ? C'est la norme ! Tête rasée ou non.

En ce samedi soir, je suis seule. La maison est vide. J'entends presque l'écho. La trotteuse de l'horloge parle plus fort que d'habitude. Je perçois ses pas qui avancent, inlassablement, sans hésiter, sans se poser de questions. Je l'examine. Elle m'ignore et continue sa lente balade vers l'éternité. Jamais il ne s'essoufflera, le temps.

Je mange sur le coin du comptoir de cuisine. Un sandwich au thon. J'ai quand même pris la peine de couper une échalote. Si Freddy ou Sammy étaient ici, eh bien, il y aurait un repas cinq étoiles de servi. Je regarde l'heure : 22 h 30. Lilly est en pleine action. C'est en ce moment que ça se passe. Je lui envoie un texto : « Tout va bien ? Je t'attends après, si tu veux. » Quelques secondes plus tard, elle répond : « D'ac ! Suis au bar. J'attends MJ. ☺ » Deux secondes plus tard, je reçois : « Et toi ? Ça va ? » J'écris : « Suis dans mes recettes ! » Elle me renvoie un bonhomme sourire. Que ferais-je sans ma Lilly ? Et, de fait, je sors toute la paperasse que Freddy m'a laissée : des recettes de beurre de cannabis, de sauce au poivre, de gâteau aux carottes, de veau glacé à l'orange. Il y en a pour tous les goûts. Je ne vois pas le temps passer. La trotteuse fait un demi-tour d'horloge. Comme je prends ma dernière bouchée de sandwich, j'entends la porte de derrière claquer. Mamadou arrive dans la cuisine en courant, essoufflé. *Madame ! Madame !* Mon cœur arrête de battre. Mamadou a le teint gris, comme s'il avait vu un monstre.

— Qu'est-ce qu'il y a, Mamadou ? Ce sont les enfants ? Freddy ? Samuel ? Bobby ? Qu'est-ce qu'il y a ? Lilly ?

Il hoche la tête, fait signe que oui. Il tente de parler. Il n'a toujours pas retrouvé son souffle.

— Bon Dieu, Mamadou ! Parlez !

Freddy, Freddy…

— Quoi, Freddy ? Que lui est-il arrivé ? Est-il correct ?

Des larmes se mettent à couler sur mes joues, même si je n'ai aucune idée de ce dont il s'agit. Je ne sais plus quoi penser. Mamadou finit par retrouver son souffle et me dit qu'il y aura une descente ce soir au bar de Freddy.

— Comment savez-vous ça ?

Il ne me répond pas. Mais je m'en doute bien. S'ils font semblant de ne rien entendre, les domestiques sont les mieux placés pour tout raconter sur une personne, un couple ou une famille. Des secrets, ils en tiennent! Je pense à Freddy. Il joue ce soir. J'espère qu'il ne transporte que deux ou trois grammes, au cas où il se ferait fouiller.

Soudainement, je pense à tous ces papiers sur le comptoir, qui parlent de pot, de cannabis, de marijuana, de Marie-Jeanne; des recettes, des trucs, des procédures, des instructions, des images. Je me dépêche de tout ramasser, mais Mamadou m'arrête. Il sait, dit-il, pour le grand repas prévu dans deux semaines.

— Vous savez? Mais comment?

Il hausse les sourcils. Sans plus.

— Et Ping?

Aussi.

— Mais comment savez-vous?

Il me rappelle que nous avons un problème plus pressant sur les bras, comme sortir Lilly et Freddy du bar!

— Lilly? Mais non! Lilly n'est pas au bar de Freddy. Elle est dans un autre bar. Pourquoi dites-vous ça?

Il me confirme que Lilly est bien au bar de Freddy. Et que les deux risquent de se faire prendre.

— Lilly au bar de Freddy? Elle me l'aurait dit!

Mamadou n'en démord pas.

— Attendez!

J'envoie un texto à Lilly: «Où es-tu exactement, chère Lilliane?» Quand je l'appelle ainsi, c'est pour les mêmes raisons que quand elle m'appelle Joséphine. J'attends, toute tremblotante, le téléphone dans les mains. Rien ne vient. Quelques minutes s'écoulent. Je ne tiens plus en place. « Lilly, ça va ? Réponds-moi, s'il te plaît. » J'ai adouci le ton. Je veux la savoir en sécurité. Et Freddy aussi. J'envoie un texto à mon fils. Rien non plus. Mon cœur bat la chamade.

Je cherche le nom de Robert dans mon téléphone. « Bobby » s'affiche. Je m'apprête à l'appeler quand Mamadou met une main sur mon avant-bras. C'est la première fois qu'il me touche. *Je ne crois pas que ce serait une bonne idée, madame...* Il décide de briser une règle sacrée du domestique. Il me raconte que le chef de police et le maire planifient cette descente depuis plusieurs mois maintenant, en fait, depuis que Freddy s'est fait raser la tête. Sur une demande expresse de Robert. Il y aura des descentes dans les plus grands bars de la ville, sauf ceux du maire, bien entendu...

— Robert ? Mon mari Robert ? Le père de Freddy ? Bob ? Mon Bobby à moi ?

Oui, madame. Ping peut aussi confirmer.

Je suis abasourdie. Je rappelle Lilly, puis Freddy. Aucun ne répond. Mamadou allume le petit téléviseur de la cuisine et syntonise le poste du grand Barré. Bien sûr, les caméras sont là, comme si elles attendaient le coup. On voit les policiers sortir les gens un à un des bars. On alterne entre les différentes descentes policières. *Plus de deux cents policiers effectuent des descentes dans quatorze bars de la ville, pour ainsi régler une fois pour toutes les problèmes de drogue.* Et puis, le drame. Freddy ! Il est encadré par deux policiers, les mains attachées dans le dos avec des menottes ! En grosses lettres, au bas de l'image, il est écrit : *Le fils du ministre des Finances arrêté pour possession de drogue !* Je suis paralysée. Je n'en crois pas mes oreilles ni mes yeux.

— Ce n'est pas vrai ! Tout est ma faute !

Je suis hors de moi. Je prends mon sac et mes clés. Je vais aller retrouver Freddy. Mamadou m'en empêche et tente de me calmer.

— Tout est ma faute ! Tout est ma faute !

Je tente d'appeler Robert même si Mamadou essaie de m'en dissuader. Il ne répond pas à son cellulaire. J'appelle Johanne, son assistante. La boîte vocale s'enclenche après plusieurs sonneries. Je fais les cent pas dans la cuisine pendant que tout se déroule en direct sous nos yeux. Les sirènes, les gyrophares, les policiers vêtus d'uniformes spéciaux, munis de boucliers et de matraques, de bombes lacrymogènes et d'armes à feu ; le centre-ville ressemble à une zone de guerre. Ces images feront le tour du monde. Avec le nom de mon fils, sali, par ma faute. Je m'en veux. *Tout s'arrangera, madame.* Il m'énerve, avec son calme, avec son « madame ». Tout s'arrangera ? Et mon fils ? La journaliste debout devant la caméra, au centre-ville, précise que le fils du ministre a été trouvé avec près d'un kilo de drogue sur lui, sans spécifier qu'il s'agit de cannabis.

— Un kilo de marijuana et un kilo d'héroïne, ce n'est pas la même chose !

Je rage. Je pleure. Je me lève.

— Je vais au poste de police. Je vais leur dire que c'est pour moi, le pot.

Mamadou proteste. *Il y aura deux personnes dans le trouble. Pour l'instant, il n'y a que Freddy et il a besoin de vous à l'extérieur de la prison, madame.* Ouais, c'est un bon point. Mais je ne pourrai pas dormir tant que mon petit Freddy sera en taule! Mon cellulaire émet le son d'un texto. «J'arrive.»

— C'est Lilly!

Quelques minutes plus tard, j'entends des pneus crisser dehors. Je rejoins Mamadou à la porte d'entrée, qu'il tient déjà ouverte. Lilly le remercie, sans se demander pourquoi il est là à l'attendre. Elle file directement dans la cuisine, essoufflée, en m'indiquant de la suivre.

— C'est comme s'ils savaient. Freddy est revenu de sa commission et la police est entrée, deux minutes plus tard.

— Mais pourquoi lui? Pourquoi le lui avoir demandé? J'avais dit que je ne voulais pas impliquer mon fils!

— C'est lui qui l'a offert! Et puis, trouver du pot bio, Jojo, ce n'est pas facile!

— Tu veux dire que tu lui as dévoilé le plan?

— Bien sûr que non! Je lui ai dit que c'était pour une amie.

— Tu aurais dû retourner à l'autre bar! Quelle idée d'avoir impliqué Freddy!

Je suis enragée contre Lilly, qui est en mille morceaux. Elle peine à parler, étouffée par les larmes. Comme moi.

— Je suis tellement désolée, Jojo. J'ai cru qu'il valait mieux se tenir loin des bars du maire. Mais c'est le contraire qui s'est produit. Aucun de ses bars n'a été touché. C'est louche.

Mamadou entre dans la cuisine. Lilly se tait. Je lui dis que c'est bon, qu'il sait tout.

— Ah bon? Que sait-il? demande-t-elle comme si Mamadou n'était pas là.

— Tout.

— Tout?

— Oui.

— Même le repas?

— Oui. Et Ping aussi.

Mon cellulaire sonne. Je réponds aussitôt. «C'est Robert», que j'annonce à Lilly en chuchotant, la main sur le cellulaire. Il a entendu parler, dit-il, de la descente au centre-ville et du fait que *mon* fils est détenu. *Une affaire de réglée*, dit-il.

— Pardon? Qu'as-tu dit? Une affaire de réglée?

Je m'engueule au téléphone avec Robert, lui dis que je ferai tout pour sortir Freddy de là. *Frédéric!* rouspète-t-il.

— Ah! Mais vas-tu finir avec ton *Frédéric*? C'est Freddy! Nous l'avons toujours appelé Freddy! Ça fait vingt-trois ans que nous l'appelons Freddy!

Je raccroche sans avoir réglé quoi que ce soit. Au contraire.

— Où est-il? demande Lilly.

— En réunion à l'extérieur de la ville. Qu'il dit. Mais qui sait?

Je marque une pause.

— L'heure est grave. C'est terrible. Terrible !

— Alors on annule tout, j'imagine, dit Lilly avec une faible voix.

— Il n'en est pas question ! Je suis plus déterminée que jamais ! Elle a besoin de retomber sur ses deux pieds. Elle a perdu la tête !

— Qui ça « elle » ?

— La politique ! Plus que jamais, je vais brasser la cage ! N'est-ce pas, Mamadou ?

Il opine du bonnet.

— Mamadou et Ping nous aideront.

— Et la « mari » ? Où la trouvera-t-on ?

Avant que je puisse répondre, ou même penser à une réponse, Mamadou réagit. Il dit qu'il s'occupe de tout, de ne pas nous inquiéter. Il dit qu'il en trouvera, que moins nous en savons, mieux c'est pour nous tous. En attendant, il faut nous occuper de Freddy, dit Lilly, en ajoutant que tout est sa faute.

— Non ! C'est la mienne !

— Eh bien, je n'aurais jamais dû accepter son aide.

L'histoire de Freddy fait les manchettes pendant deux jours, puis la fin du téléjournal le troisième jour, puis un entrefilet dans la presse quatre jours plus tard. Puis, plus rien. Robert s'en est même tiré avec des fleurs. Les gens sont impressionnés que *la loi n'ait pas d'yeux, pas d'oreilles et pas de famille. La loi, c'est la loi.*

Une semaine plus tard, Mamadou revient de faire les courses avec Ping. En rentrant, il me remet un gros sac en papier brun. *Voilà, madame. Un kilo de persil.* Ping ne lève même pas un sourcil. Les deux se mettent à déballer l'épicerie comme si de rien n'était.

— Je peux vous aider avec votre beurre, madame, offre Ping.

8

LE GRAND REPAS

La maison est nickel. Elle sent le lys blanc et la rose ; des fleurs fraîches ornent la table d'entrée et celle du salon. À cause de l'odeur assez puissante du cannabis, toutes sortes de subterfuges olfactifs et gustatifs ont été employés. Je n'ai jamais utilisé autant d'épices et d'herbes – surtout celles qui ont une forte présence : la coriandre et l'estragon en tête de liste. Les cadres sont droits. L'éclairage est ajusté. Il ne me reste que mon rouge à lèvres à appliquer. Au moment où je vais l'étendre, la porte d'entrée vibre sous des coups.

— Ce sont les gorilles. Laisse-les entrer !

Lilly ouvre la porte et je vais les accueillir. Huit hommes et une femme entrent : six gardes du corps du président et trois de notre premier ministre, qui comptent deux hommes et une femme. C'est cette dernière, une armoire à glace comme ses collègues, qui annonce : « Nous venons balayer. » Les hommes, les bras pleins d'équipement, notent la présence de Lilly, la poussent du regard en passant près d'elle alors que la femme lui fait un petit signe de tête en guise de salutation. Presque un sourire, même.

— Quels effrontés! chuchote Lilly.

— C'est leur travail.

— D'être effrontés? Quel que soit notre travail dans la vie, ne pouvons-nous pas le faire avec un sourire? Pourquoi certains postes permettent-ils...

— Lilly! Ça suffit! Ce n'est pas le temps!

Je me retourne. Deux des gorilles dans le salon sortent un long manche muni d'un bidule rond au bout; ils se mettent un casque d'écoute sur les oreilles et commencent à agiter leur machin un peu partout, derrière le sofa, au-dessus des cadres, dans les abat-jour; même les lumières du plafond se font épousseter. Deux autres ont une autre sorte d'instrument dans les mains – un petit engin rectangulaire, gros comme une brique, avec une aiguille et des lumières. Ils se mettent à agiter leur zigouzi près des murs, des cadres de porte et de certains endroits du plancher. Lilly les regarde, médusée.

— L'équipement devient plus sophistiqué, fais-je remarquer.

L'escouade se répand dans la maison. Trois porte-flingues, deux du président et un de notre premier ministre – la femme –, pénètrent dans la cuisine. Je les suis. Des assiettes de bouchées sont sur le comptoir, des artifices culinaires contenant une double dose de cannabis. Nous avons prévu le coup. Les deux hommes y goûtent. La femme – plus polie, semble-t-il – ne fait que les sentir.

Ping lui offre tout de même une bouchée, qu'elle accepte volontiers.

— Hummm… Il y a un petit goût particulier…

— Ce sont les épices de l'île Maurice, justifie Ping.

— Ah! C'est bon quand c'est exotique. C'est près de Cuba, ça?

— Oui, exactement.

— Et vous, vous venez de la Chine?

— Mes ancêtres y habitaient il y a plus de cent cinquante ans, oui. Mais, moi, je suis mau-i-cienne, dit-elle avec son accent créole, en ne prononçant pas le «r» de «mauricienne».

— Et moi, je suis Fabienne. Il y a des Chinois dans les Caraïbes?

— Oui, c'est ça. Des Chinois dans les Caraïbes.

— La Chine ne vous manque pas?

— Je ne suis pas chinoise, madame. Je suis africaine.

La garde du corps examine Ping quelques secondes – ses yeux bridés, ses cheveux noirs droits comme de la paille, son teint jaunâtre.

— Hahaha! Vous m'avez bien eue, ma petite ching-chong-ping-pong!

— C'est Ping, mon nom. Ping Li.

Fabienne la toise, puis lève le doigt et l'agite à quelques centimètres de son visage.

— Vous autres, les Ching-Chongs, vous avez un sens de l'humour bien particulier.

En guise de réplique, Ping lui tend le plateau de bouchées avec un sourire diplomatique qui pourrait cacher autant le deuil d'un proche parent que la jubilation d'avoir gagné le million à la loterie. Les domestiques qui travaillent pour les politiciens sont parmi les plus grands diplomates de la planète et cachent une montagne de secrets. Fabienne avale un craquelin et une cuisse de grenouille au romarin cuite dans l'ail, le citron et le beurre de cannabis. Elle claque les lèvres en guise d'approbation et continue son inspection. Elle ouvre le frigo, le four, certaines armoires. Son sourire reflète la satisfaction.

— Tout semble en ordre ici. Le renard peut rôder, dit-elle dans son petit micro caché dans sa manche.

Aussitôt les gorilles sortis de la pièce, Lilly et Ping m'aident à mettre la nourriture dans les plateaux de service alors que Mamadou prépare le salon et la salle à manger. Je décore mes plats avec des herbes fraîches et des fleurs comestibles, qui servent à préparer l'estomac en faisant saliver les papilles et qui ont le rôle de nourrir le regard : la vue est aussi importante que l'odorat et le goût dans la gastronomie. C'est comme mettre du rouge à lèvres. Je fais le tour de chacun des plats, y goûte un tout petit peu, ferme les yeux et tente de fouiller jusqu'au fin fond de mes papilles gustatives pour détecter le moindre goût suspect.

— Ne goûte pas trop, avertit Lilly. Il faut garder toute notre tête, ce soir.

— T'inquiète. Je nous ai préparé des plats vierges, sans Marie-Jeanne.

Mamadou vient m'avertir que monsieur le ministre est arrivé et que le cortège présidentiel est en route, ainsi que celui du premier ministre. Quelques minutes plus tard, c'est Robert lui-même qui entre dans la cuisine. Il voit Lilly, ne la salue que par une tape sur l'épaule et un demi-sourire. Il me demande si tout est en ordre et répète, pour la énième fois, que rien ne doit être négligé, ce soir. *Je me fie à toi pour nous faire honneur. Et pas un mot au sujet de ton fils. L'histoire est oubliée.* Il pivote sur ses talons et sort. Lilly l'imite en grimaçant:

— *Ton* fils! Il a dit *ton* fils!

— Ouais, et Samuel, c'est *son* fils. Il n'y a jamais de *notre* fils.

— Au fait, tu lui as parlé, à *ton* fils?

— Oui, il y a deux jours. Il est toujours détenu. Robert ne veut pas payer la caution. Mais Freddy dit de ne pas m'inquiéter, qu'il est bien, qu'il mange bien et qu'il a accès à une grande bibliothèque où il travaille plus fort qu'à la maison.

— Et Samuel?

— Robert s'est organisé pour que Sammy et Charlotte accompagnent notre premier ministre dans le cortège. C'est tout un honneur!

Joséphine! Joséphine! Robert crie que les invités arrivent. J'ajuste mon tailleur, j'ajoute un brin de rouge sur mes lèvres et je vérifie auprès de Lilly et de Ping si je suis présentable.

— Tu trembles, Jojo. Je t'ai déjà dit que…

— Je sais. Ce ne sont pas des dieux ni des rois. Mais il faudrait que quelqu'un le leur dise… En tout cas, s'il y en a un ou une qui me tape sur les nerfs, j'ai ici des réserves de toutes les sauces avec double dose de MJ.

Je montre du doigt les saucières sur un coin du comptoir.

— Il va falloir faire attention au maire, il mange tellement, avertit Lilly.

— Il va falloir faire attention à tout le monde; ils ont été avertis d'arriver affamés.

Joséphine, bonyenne!

— Vas-y. Ton Bobby s'impatiente. Que le spectacle commence!

Mamadou ouvre la porte. Dehors, des policiers dirigent les voitures. La rue est illuminée de gyrophares. Des voisins ont tiré une chaise sur leur balcon. Un cordon retient les trop curieux.

Le chef de police fait d'abord son entrée, suivi du maire et de sa Gertrude, qui porte un ensemble rouge et or avec une couronne en or dont les pointes sont ornées de pierres rouges, *en l'honneur du président africain,* dit le maire. Celui-ci porte un complet noir et une cravate rouge finement décorée de fils d'or brodés en diagonale. Son visage tout rouge, comme ses yeux d'ailleurs, semble étouffé par ce bout de tissu, ce qui donne l'impression qu'une crise cardiaque le terrassera d'un instant à l'autre. Les deux hommes m'offrent de petits cadeaux. Je reçois une bouteille de parfum Yves Saint Laurent du maire – *Vous voyez, je n'ai pas oublié* – et une bouteille de whisky de 1912 du chef de police. Les deux commentent la bonne odeur qui émane de la cuisine. *On a bien hâte de bouffer*, dit le maire en se frottant le ventre et en se léchant les babines.

— Dommage que votre femme ne soit pas avec vous. Peut-être la prochaine fois ?

Il hausse les épaules sans donner d'explication et se dirige vers son coin habituel du sofa. Je commence à douter qu'il ait réellement une épouse. Gertrude, qui connaît la routine, grimpe sur le sofa et attend son maître. Et les bouchées.

Fanny, la fille du maire et la filleule du chef de police, suit derrière. Elle est vêtue d'une élégante robe noire un peu trop courte pour l'occasion, mais son âge pardonne sa maladresse. Ses longues jambes moulées dans des bas résille noirs aboutissent dans des escarpins à talons aiguilles rouge sang, comme son collier. Nos yeux se parlent. Elle excuse l'absence de sa mère sans donner de détails. Je la serre dans mes bras et lui susurre à l'oreille : « Si seulement Freddy était là… » Elle acquiesce d'un sourire et baisse les yeux, tristes, semblent-ils.

Le curé entre, tout sourire, les mains jointes comme pour faire une prière. Il adresse quelques mots à Robert puis me donne la main. Elle est chaude et douce, comme si elle passait ses journées dans le beurre.

Johanne, l'assistante personnelle de Robert, entre accompagnée du chef des médias, Philippe Barré. Robert et Johanne se donnent la main, sans plus, et cela me soulage. Le grand Barré arrive les mains vides, mais les poches pleines d'arrogance. Il ressemble à un paon en chaleur ; il porte un nœud papillon bleu métallique avec des points dorés, un veston vert foncé, une chemise bleu pâle et des boutons de manchette rouges. Il sent le patchouli mêlé de jasmin, probablement une chamaille entre son après-rasage et son parfum. Il n'a sûrement pas de femme dans sa vie pour sortir en public ainsi, lui, le maître de l'image. Quant à Johanne, elle porte une robe blanche, ce qui accentue ses rondeurs. Un lapin en or au bout d'une chaîne pend dans la grosse craque de ses seins. Elle porte un châle noir, que Mamadou offre de prendre.

— Ah ! C'est vous le garçon d'Haïti !

Je baisse le ton pour que Robert ne m'entende pas et la corrige.

— C'est monsieur Mamadou, de la Côte d'Ivoire.

Elle demande, très fort :

— La Côte d'Ivoire, c'est près de la Côte d'Azur, ça ?

Sans nous laisser le temps de répondre, elle ajoute :

— Pourquoi appellent-ils ça la Côte d'Ivoire si les habitants sont foncés de même ?

Mamadou continue de sourire, ne lève même pas un sourcil. Je réponds à sa place.

— Pour la même raison que ce ne sont pas des Schtroumpfs qui habitent la Côte d'Azur.

— Hein ?

Deux gardes du corps arrivent en courant sur le perron en marmonnant quelque chose dans leur petit micro au poignet. Puis, deux voitures munies de leurs drapeaux respectifs approchent. Le premier ministre et sa femme descendent d'abord, avec Samuel et Charlotte. Sammy rayonne comme je ne l'ai jamais vu. Ils attendent sur le perron pour accueillir le président. Celui-ci émerge de sa limousine, suivi de quatre femmes vêtues de magnifiques robes colorées, l'une en jaune et rouge, une autre en jaune et vert, une en jaune et bleu, et la dernière en jaune et orange. Toutes ont un foulard assorti enroulé autour de la tête, surmonté d'une grosse épingle dorée en plein centre, sur le nœud. Le président, quant à lui, est vêtu d'un costume noir avec une cravate aux couleurs de l'arc-en-ciel. Il est chauve, plutôt rond, et porte des lunettes rondes. Ses yeux, très éloignés l'un de l'autre, lui donnent un air de canard. Le magnifique sourire du président et ses dents blanches comme neige compensent le champ de bataille de son visage. Samuel lui dit quelque chose qui le fait s'esclaffer. Son rire est profond, cru même. S'il était blanc, il serait sûrement rouge en ce moment tant il rit. Mon beau Sammy a le tour. Il est un diplomate né, je crois. Cela me fait sourire.

Les femmes semblent être beaucoup trop âgées pour être les filles du président, sauf peut-être une. Lorsqu'il entre, il nous les présente comme ses épouses. Entre le maire et sa maîtresse et le président et ses épouses, il n'y a plus rien pour me surprendre. Samuel m'embrasse comme un bureaucrate, en tendant sa joue de chaque côté de la mienne, sans y toucher. Charlotte est plus chaleureuse et m'embrasse tendrement sur les deux joues. Elle porte une longue robe vert forêt en satin, toute simple, mais très élégante, des talons pas très hauts ainsi que son magnifique collier de perles, avec boucles d'oreilles assorties. Une fois le défilé terminé, Robert et moi nous divisons les tâches d'hôtes. Bien sûr, j'agrémente les conversations des femmes alors que Robert s'occupe des choses sérieuses avec les hommes. Fanny, Charlotte, les premières dames et moi-même dégustons nos bouchées ensemble.

Le salon grouille d'ego affamés. Ping et Mamadou font le service et passent avec les plateaux et leur sourire. Différents hors-d'œuvre sont offerts aux invités : bouchées de dinde cuite dans le beurre de cannabis, accompagnées de confiture de canneberges préalablement trempées dans la tisane de cannabis pendant vingt-quatre heures ; crevettes à l'ail et au beurre de cannabis sur des craquelins ; pâté d'aubergine servi sur du pain rôti, beurré au cannabis ; rôti de bœuf cuit au four dans le beurre de cannabis, servi avec des feuilles de laurier sur des biscottes au seigle.

Mamadou porte des gants blancs, ce qui fait dire au président africain que les Occidentaux sont civilisés. Ping a voulu imiter Mamadou, mais il lui a fait la même leçon qu'à moi. Lilly fait mon ancien travail, la navette entre les invités et la cuisine, et s'assure d'éviter toute anicroche. Elle ne cesse de regarder sa montre, sachant qu'il faut environ quatre-vingt-dix minutes au cannabis pour commencer à faire effet. Mais il y en a si peu dans ces petites bouchées...

Nous passons à la grande salle à manger. Contrairement à son habitude, Robert se place au milieu de la longue table, entre les deux chefs d'État, chacun assis à côté de leur épouse – madame Line et la femme en jaune et bleu, la plus corpulente. Robert fait asseoir son assistante personnelle en face de lui *au cas où il faudrait qu'elle prenne des notes.* Vu la situation un tantinet compliquée par le fait d'avoir cinq premières dames à la même table, il a été décidé, pour que personne ne se sente froissé par la diplomatie nécessaire, que je me placerais au bout de la table, avec les trois autres premières dames. J'ai installé Lilly entre la dernière première dame et madame Line pour m'aider à entretenir la conversation. Le maire et sa Gertrude font face au chef de police et au grand Barré. Les jeunes occupent l'autre bout de la table, avec le curé qui ne cesse de zieuter Lilly. Je le remarque mais ne dis rien à mon amie.

Robert prononce son allocution de bienvenue. *Les gens réunis ici ce soir pour célébrer cette entente historique qui est le fruit de longues négociations entreprises il y a plusieurs mois déjà...* Le président regarde de gauche à droite en remuant vigoureusement la tête de haut en bas. Les premières dames lèvent la tête, le regard fier, et font de beaux yeux à leur mari. Robert parle de l'importance d'un tel accord, du commerce qui bénéficiera aux différents peuples... blablabla. La même cassette qu'on entend à la télévision et à la radio. Rien de nouveau. On dirait que c'est la première fois que je m'en aperçois. Les premières dames ont toutes leur cellulaire dans leur main et prennent des photos. Lilly zigonne avec le sien sous la table, puis le sort et prend aussi quelques clichés. Robert donne ensuite la parole à notre premier ministre, qui se lève en se raclant la gorge, en ajustant sa cravate et en attachant les trois boutons de son veston. Il remercie chaleureusement Robert pour tous ses efforts. Il se tourne ensuite vers moi et exprime sa reconnaissance pour ma patience envers l'absence de mon mari. *On connaît trop bien l'importance de nos femmes, n'est-ce pas ?* Le président hoche la tête et met sa main sur la cuisse de l'épouse assise à côté de lui. Elle répond avec un large sourire et lui tapote l'avant-bras. Robert ne bronche pas d'un poil. Une fois son laïus terminé, il laisse la place au président, qui regarde une de ses épouses assise à mes côtés, celle en jaune et orange. Elle se précipite derrière sa chaise, qu'elle tire doucement. Il se lève lentement, en accentuant chacun de ses gestes : la serviette qu'il replace, bien pliée sur la table, son veston qu'il ajuste, ses lunettes qu'il repousse avec son majeur. Lilly me chuchote qu'il faudrait que quelqu'un lui dise de repousser ses lunettes avec son index. Puis, elle me tend son cellulaire sous la table. Sur la photo, en effet, on voit le président faisant un doigt d'honneur devant son visage, quelques microsecondes après avoir poussé sur ses lunettes. Je m'efforce de garder le visage neutre. Le président félicite les hommes présents pour leurs grands efforts et leur travail admirable. Il parle des relations entre les deux pays, de l'état de l'économie mondiale, de leur plan pour la redresser, surtout. Personne ne parle ni ne bouge durant les discours, sauf le maire, qui s'empiffre jusqu'aux trous du nez, et madame Line, qui vole quelques lichettes de champagne en se frottant la gorge chaque fois pour faire semblant de faire passer quelque chose, un chat, peut-être, dit-elle.

Après l'entrée en matière, Robert me prie de nous expliquer le menu. Je me lève et souhaite la bienvenue officielle à Leurs Excellences ici présentes, à leurs femmes et enfants, ainsi qu'aux autres chefs et – je vois Gertrude – ... amis. Je remercie d'abord Ping, Mamadou et Lilly sans les nommer, en disant simplement que ce repas et cette soirée n'auraient pas été possibles sans «mes aides précieuses». Ensuite, je présente les plats, un à un, selon ce que chacun avait choisi. L'entrée fait saliver certaines bouches: une soupe à l'oignon biologique cultivé localement, gratinée aux trois fromages, arrosée de cognac. Pour les végétaliens et intolérants au lactose, le fromage a été remplacé par du soya. J'omets de dire que les oignons ont été frits et trempés dans l'huile de cannabis pendant vingt-quatre heures.

Ping et Mamadou assurent le service de la soupe alors que je décris le reste du repas : poisson et crevettes à la mauricienne ; filet mignon et poulet à l'ivoirienne, tofu asiatique. J'omets encore une fois de dire que tout a mariné une nuit dans leurs épices et l'huile de cannabis. Les sauces : au poivre, à l'érable, aux champignons, béarnaise, hollandaise et brune, teintées au cannabis. Je poursuis avec les pommes de terre (rissolées dans l'huile de cannabis), le riz, le couscous, tous les légumes, des petits pois aux aubergines en passant par les fèves vertes sautées avec noix de pin, ail et citron, le tout cuit dans l'huile de cannabis. Et, pour dessert, il y aura du gâteau au chocolat (et au cannabis), un coulis aux framboises avec son sirop spécial, un gâteau aux carottes sans gluten avec raisins et une mousse à l'érable. J'omets de dire on sait quoi.

— Bon appétit !

Un ruisseau de remerciements coule sur la table, puis les invités plongent leur cuiller dans le savoureux liquide aux oignons. Des oh ! et des ah ! fusent après les premières bouchées. Puis, les discussions, timides d'abord, commencent à fluer. Le ton monte à chaque bouchée pour culminer dans un brouhaha stable et assez sonore. Je parle d'enfants avec les premières dames. C'est de coutume, entre femmes, parler du futur, alors que celui des hommes se limite aux mandats de quatre ou cinq ans. Je ne m'attarde pas sur mes deux fils, ni sur les raisons de l'absence de l'un d'eux, surtout pas avec Robert à portée de voix et le chef de police à portée de vue. D'ailleurs, ce dernier m'épie et je me demande pourquoi. Il taponne quelque chose sur son téléphone, le dépose sur la table. Les cellulaires du maire et de Robert émettent un bip en même temps. Très subtilement, mais pas assez pour une mère de famille comme moi, je vois Robert et le maire taper un message. Cette fois-ci, ce sont les cellulaires du premier ministre et du chef des médias qui sonnent. Je donnerais cher pour voir ce qui s'échange sur ces appareils.

Lilly me donne un coup sous la table. J'étais dans la lune. Je reviens à mes convives. J'apprends que le président a vingt-six enfants, dix-sept avec les quatre femmes ici présentes, et le reste avec des maîtresses ou des inconnues.

— Des inconnues?

— Oui, répond celle en jaune et vert. Quand elles n'ont ni le statut d'épouse ni celui de maîtresse, elles sont classées comme inconnues.

— Et les enfants vivent avec elles?

— Oh que non! C'est le sperme du président après tout!

— Ils vivent avec nous dans le hameau présidentiel, répond celle en jaune et rouge.

— Mais pas dans la même maison, précise celle en jaune et orange.

— Ça doit coûter une fortune d'élever toute cette marmaille! commente Lilly.

— Ah non ! dit celle en jaune et vert. Depuis que notre mari est président, c'est gratuit.

Les yeux de Lilly s'écarquillent un instant, puis, au lieu de préciser la provenance de l'argent, mon amie offre à la femme du beurre aromatisé à l'estragon pour le morceau de pain qu'elle vient de prendre. La première dame accepte et trempe le bout de son couteau dans le beurre.

— Allez-y. Mettez-en épais. Ne vous gênez pas. C'est gratuit ! ironise Lilly.

Je lui donne un coup de pied sous la table et lui susurre : « Ne fais pas ta Freddy ! »

Soudainement, le bouledogue se met à japper. Personne n'en fait de cas, sauf son maître, qui lui offre une bouchée de pain. Gertrude ouvre la bouche pour l'attraper et mord le doigt du maire en même temps. Ce dernier lui donne une taloche derrière la tête et le bout de pain vole en face, dans l'assiette du grand Barré. Le chef des médias se raidit, prend la bouchée du bout des doigts avec sa serviette et crie *Garçon !* en claquant les doigts de l'autre main. Lilly regarde sa montre.

— Je croyais que tu avais dit que ça prenait quatre-vingt-dix minutes avant de faire effet.

— Pour un humain, pas pour un chien !

Sur ce, la tête du bouledogue, grosse comme une immense citrouille toute plissée, s'écrase dans son bol de soupe et éclabousse le grand Barré, qui s'impatiente, ainsi que le président, assis à trois places de lui. Mais ce dernier, en grande conversation avec Robert, ne s'aperçoit de rien. Le

maire relève sa maîtresse, qui émet de petits gro-
gnements, mais elle retombe aussitôt, la gueule
ouverte, la langue pendante, la bave coulant le
long de ses bajoues. Gertrude est partie.

— Et d'un, dis-je à Lilly.

— Oh boy! Je me demande ce que ce sera
tantôt!

Ping et Mamadou servent les assiettes à chacun
des invités, selon leur choix de menu. Les assiettes
du président et du premier ministre sont pla-
cées par Ping et Mamadou devant eux au même
moment. Sont servies ensuite les cinq premières
dames, puis les autres femmes et, enfin, les
hommes, selon leur ordre d'importance dans
la société. Le curé, et c'est lui-même qui le veut,
«comme un capitaine de bateau», dit-il, insiste
pour être servi en dernier. Cela fait sourire Lilly.

Les conversations vont bon train lorsque le
grand Barré semble incommodé par quelque
chose. Il défait son nœud papillon en s'excusant
auprès du maire et de Robert. *Est-ce que c'est juste
moi ou il fait chaud ici?* Il aperçoit les gouttes de
sueur coulant le long des tempes du président et
appelle Ping. *Fille!* Il demande qu'on ouvre une
fenêtre. Ping m'interroge du regard et je fais
signe que oui, avec un grand sourire complice.
Le vieux renard défait aussi sa cravate et demande
à Robert si les discussions seront vraiment grandement dérangées s'il l'enlève. Robert est surpris,
mais il acquiesce. Le président entend la sugges-
tion et, soulagé, demande à son épouse à côté de

lui d'enlever sa cravate et de lui essuyer le visage. Elle s'exécute.

Madame Line, qui enfile les flûtes de champagne comme si c'était de l'eau de source, commence à ressembler à Gertrude. Elle bave un peu et sort la langue. Elle rit pour rien. Elle est pâmée sur Lilly. Elle n'arrête pas de lui toucher les bras et de regarder sa petite poitrine. Lilly ne porte pas de soutien-gorge, parce qu'il n'y a rien à soutenir. Mais madame Line semble chercher ses seins. L'alcool mêlé au cannabis, on le sait, exacerbe la perte de filtres. On dit tout ce qui nous passe par la tête. Mais, dans son cas, on ne sait plus si c'est le mélange ou son naturel qui s'exprime. Les bulles ajoutent au flou. Elle décide finalement de parler seule et cela semble faire l'affaire des convives.

Barré, le maire et le chef de police parlent des Caraïbes et des voyages qu'ils doivent y effectuer assez souvent, surtout aux îles Caïman et à la Barbade. Le maire fait remarquer que ce n'est pas juste, que certains de ses homologues voyagent moins loin que lui *pour aller à la banque. Oups!* Il se reprend. *Pour aller aux îles. Et personne ne m'a averti qu'il y avait autant de sable sur les plages. J'en avais même entre les orteils. Et Gertrude aussi.*

Robert se racle la gorge et fait tinter sa cuiller sur son verre de vin. Madame Line l'imite et fait aussi carillonner sa flûte de champagne. Comme les invités croient que c'est un rituel de notre pays, les quatre épouses et le président font tinter leur verre. Tout le monde se regarde et sourit. Robert est perdu. Il arrête son tintement, mais puisque madame Line continue le sien, les autres font de même. Fanny se met à rire, même si elle n'a encore rien mangé depuis les bouchées, ce qui m'inquiète. Samuel interroge son père du regard tout en défaisant, lui aussi, son nœud de cravate. Puis, le maire, qui avait toujours chaud, annonce qu'il a froid. Du rouge, il passe au bleu et commence à grelotter. Il cherche un réconfort auprès de Gertrude, mais elle est K.-O. sur la chaise à côté de lui. Il prend son téléphone cellulaire et envoie, dit-il, un texto à sa vétérinaire pour lui demander conseil au sujet de son chien, que ce n'est pas dans ses habitudes. Le grand Barré décide à son tour qu'il a froid et remet son nœud papillon. Le président, par contre, ruisselle de sueur, mais je fais signe à Ping de fermer les fenêtres quand même. Mamadou lui offre le mouchoir de fantaisie assis dans sa poche de veston, et son épouse lui essuie le visage tandis qu'il parle. Charlotte renverse son verre de vin rouge et Samuel lui fait de gros yeux mais s'esclaffe en même temps. Robert est outré que son fils se comporte ainsi. Le chef de police se plaint d'un étourdissement, se lève, puis retombe sur sa chaise. Il s'étire pour prendre son verre d'eau, mais ne semble pas pouvoir l'attraper. Il lève les yeux et me lance un regard de feu. Se doute-t-il de quelque chose ? Je fais venir Mamadou et lui murmure de verser plus de sauce sur la viande du chef de police. Je crains qu'il ne sente le pot aux roses. Ou le pot tout court. Et nous sommes encore loin du dessert.

Robert tente, pour la troisième fois, d'amorcer une conversation sur les grands avantages de la nouvelle entente signée entre les deux pays. Mais, chaque fois, le président pouffe de rire, ce qui semble lui couper l'appétit. En fait, tout le monde a la rigolade facile. Sauf Robert. Il n'a presque pas touché à son assiette ! Il faut le faire manger ! Alors, je décide de passer aux grands moyens. Robert ne mangera, je le sais, que lorsque ce qu'il a à dire se sera fait entendre. Je prends donc mon courage à deux mains et fais tinter mon verre, tout en espérant que madame Line ne m'imitera pas. Mais les quatre premières dames et le président me suivent. J'arrête et ils continuent pendant plusieurs secondes. Je me lève et je dis sur un ton déterminé que Robert a quelque chose à dire. Il me remercie d'un clin d'œil, le premier signe complice de toute la soirée. Des derniers mois, en fait ! Lorsqu'il termine son petit laïus, je dis aux gens, surtout aux deux chefs d'État à ses côtés, que mon mari doit manger s'il veut accomplir toutes ses tâches. Tout le monde prie Robert de manger. Il prend une bouchée, puis une autre. Enfin, il s'attaque à son assiette. Je demande à Mamadou de verser plus de sauce sur son poisson.

Madame Line se lève en titubant, probablement pour aller aux toilettes, vu la quantité de liquide qu'elle a absorbé, ce qui fait soupirer son mari et surprend les trois premières dames assises avec nous. Ping accourt pour l'aider. L'une des premières dames, celle en jaune et orange, murmure à l'oreille de sa consœur qu'une telle attitude ne serait pas tolérée sur son continent, qu'elle croyait que l'Ouest était civilisé. Elle a parlé assez fort pour que Lilly et moi comprenions. Je décide de m'immiscer dans leur conversation pour que tout l'Occident ne perde pas la face. Je m'avance vers elles et dis, à voix très basse, que ce n'est pas généralisé, qu'elle est une exception. La première dame tourne la tête, regarde Gertrude et revient vers moi.

— C'est la seule femme qu'il a? déplore celle en jaune et vert, qui a tout suivi.

— Oui, la seule, confirme Lilly.

Les trois dames hochent la tête. Au même moment, Ping revient avec, à son bras, madame Line, qui claudique sérieusement.

— Vous vous êtes fait mal? lui demande Lilly.

— Non, pas du tout. Pourquoi?

Je jette un coup d'œil à ses pieds. Elle ne porte qu'un escarpin.

— Vous avez perdu une chaussure!

— Ah bon?

Elle s'assoit et demande à Ping de remplir son verre de champagne. Les premières dames me regardent toutes avec un sourire en coin.

Robert a fini son assiette et demande une deuxième portion. Il semble de bonne humeur et détendu. Le premier ministre a aussi la parole facile et les deux parlent en même temps, mais ne semblent pas s'en rendre compte. Et puis, le président chuchote quelque chose à Robert, qui explose de rire. Il se tourne vers le premier ministre et chuchote quelque chose à son tour. Probablement la même chose, puisque le premier ministre explose de rire aussi. Les trois hommes monopolisent l'attention quelques instants et, alors, toute la tablée est prise d'un fou rire. Même Lilly et moi. Je lance à mon amie, avec une voix assez forte pour qu'elle m'entende par-dessus tout ce bruit, qu'il est bon de voir Bobby rire. Que je me sens déjà mieux. Elle me prend la main et la serre.

— Ton but est atteint!

— Presque! Il faut qu'il me demande de l'appeler Bobby ce soir!

Une fois le rire calmé, les conversations reprennent, mais sur un ton nettement plus élevé. Lilly et moi observons ce que nous avons lu dans mes recherches: la perte de filtres, surtout lorsque l'alcool est de la partie, l'oubli du protocole et de la diplomatie.

Un des grands avantages de cet accord, raconte le vieux renard, dont la langue est visiblement déliée, ce qui lui va bien, en fait, *est que notre agence d'aide au développement se transformera en aide aux compagnies minières et que tout l'excédent d'argent qu'on économisera ainsi en taxes sera ensuite divisé en portions égales entre les deux parties concernées.*

— Oh boy! Ça commence à être intéressant! dit Lilly, qui vérifie son cellulaire, qu'elle a déposé devant elle. Je remarque que l'application «Dicta-phone» est en fonction.

Le président demande au premier ministre comment le «transfert» se fera. *Votre portion sera déposée dans un compte en Suisse, je crois, mais les détails, c'est Robert qui s'en occupe.* La première dame en jaune et bleu dit qu'elle préfère la Suisse. Ses consœurs entendent cette remarque et celle à côté de moi, en jaune et vert, affirme qu'elle aimerait mieux les îles Caïman.

— Oui, mais j'entendais le maire dire tantôt qu'il y a beaucoup de sable sur les plages.

— Ce n'est pas fort si on veut se faire faire une pédicure, remarque celle en jaune et rouge.

Les quatre premières dames secouent la tête et, après quelques bouchées et un certain nombre d'idées, celle en jaune et rouge suggère Venise, puisqu'il n'y fait ni trop chaud ni trop froid, qu'il y a beaucoup d'eau, mais pas de sable. «Et des valets qui rament pour nous», ajoute-t-elle. Elles s'entendent donc toutes sur Venise et celle en jaune et vert propose l'idée à Robert, en précisant qu'à tel hôtel on peut garder les robes de chambre si on veut. La bouche pleine de poisson, Robert éclate de rire, croyant à une farce. Les morceaux de poisson volent sur le menton du maire, qui les ramasse avec son poignet puis les lèche, oubliant leur provenance, tandis que les bribes de conversation éclaboussent les oreilles du chef de police. Je vois son faciès se transmuter. Je fige quelques instants, croyant au pire, mais il parle des robes de chambre qui ne lui vont jamais dans les chambres d'hôtel. *J'ai le même problème!* dit le maire. Puis, une des premières dames, celle avec une devanture très généreuse et qui pourrait certainement allaiter des triplés, raconte que le cordon pour la taille est toujours trop court. Le président dit qu'il ne s'en plaint pas. Et, pendant dix bonnes minutes, cette tablée de chefs d'État, de police et des médias discute des robes de chambre dans les hôtels. Lilly me fait un clin d'œil et me souffle à l'oreille qu'elle a envie de mettre tout ça sur la Twittosphère!

— Pas tout de suite.

— Tu veux dire qu'on pourra le faire tantôt?

Je ris en guise de réponse et observe la tablée. Le champagne et le vin continuent de couler à flots, ce qui est à éviter lorsqu'on ingère du cannabis. Toutefois, puisque personne ne le sait, les coudes se lèvent de plus en plus, et pas que vers le haut, mais vers la gauche et la droite aussi. Johanne, assise en face de son patron, a arrêté de prendre des notes après sa deuxième assiettée. Son verre est vide et elle le pousse délicatement vers Robert. Puis, elle dit sur un ton sans filtre:

— Verse-moi encore du vin, Bobby.

Avant que mon cœur saisisse la situation, mon Robert, mon Bobby à moi, répond avec un grand sourire niais: *Bien sûr, ma Jojo.* Et là, il s'arrête de battre. Lilly a aussi tout entendu. Elle voit le sang quitter mon visage, livide maintenant. Puis, quelques secondes suffisent pour qu'il revienne m'irriguer l'esprit. Je me sens bleue de colère.

— Jojo, tu es rouge comme un coq.

— Mamadou ! La sauce forte, ça presse !

Mamadou, en train de verser du vin à Samuel, se retourne, stupéfait. Je ne l'ai jamais appelé par son nom devant Robert, qui n'a rien compris de toute façon puisqu'il fixe la craque 36 EE de son autre *Jojo*. Le maire, à côté d'elle, y a le regard plongé depuis tantôt, et peut-être un ou deux mentons aussi. Lorsqu'il voit son petit lapin en or, il tente de le prendre avec le bout de ses doigts empâtés, chacun ayant la grosseur d'un gros cornichon. Robert se lève, offre son aide au maire et s'étire par-dessus la table pour tenter d'accrocher, lui aussi, le lapin. Mais sa cravate tombe dans la sauce. Mamadou voit la scène, aide Robert à se rasseoir, vérifie ce que Johanne mange – du poulet – et court chercher la sauce brune. Il revient, nappe sa poitrine de sauce chaude et la prie de déguster. Robert, qui s'est rassis et lèche sa cravate, dit qu'il veut plus de sauce aussi, celle pour le poisson. Mamadou me toise subtilement. Je hoche de la tête vigoureusement. Le grand Barré, jaloux, veut aussi de la sauce, mais pour son bœuf. Mamadou et Ping courent à la cuisine réchauffer toutes les sauces fortes et en versent une seconde portion dans à peu près toutes les assiettes.

Le grand Barré raconte comment il a dupé ses employés. *Je leur dis de m'appeler Philippe et, aussitôt le lien de familiarité établi, pouf ! je les assomme.* Il se tord de rire. Le chef de police aussi. Puis, il se retourne vers celui-ci et supplie, sur un ton langoureux, en mettant sa main sur sa cuisse : *Appelez-moi Philou ce soir...* Le chef des médias est arrivé tiré à quatre épingles et parle comme un deux de pique, comme si sa vraie nature était dévoilée. Le chef de police retire doucement sa main en disant qu'il est marié et n'a jamais, ou presque, trompé sa femme. Le président entend la remarque et dit que la meilleure façon de ne pas tromper sa femme est de marier ses maîtresses. *Mais pas toutes ! On passerait nos fins de semaine dans des mariages !* Tout le monde s'esclaffe, même les premières dames. Même Robert...

— Mamadou, Ping, encore de la sauce !

Ils s'exécutent avec un grand sourire et noient le poisson. L'autre s'en lèche les babines et la cravate. Les convives s'empiffrent. Les assiettes se vident. Je propose de faire le trou normand. Au même moment, un éclair illumine le ciel et embrase la salle à manger. Le tonnerre émet un long grondement ténor, mêlé d'une touche de soprano au milieu. Tout s'éteint. Même les voix, comme si elles étaient aussi branchées au système électrique. Ping et Mamadou courent à la cuisine. Ils connaissent la maison par cœur et trouveront les bougies les yeux fermés. Le silence est d'abord brisé par des chuchotements. Madame Line marmonne et se lève. On l'entend se cogner dans le mur, puis dans le cadre de porte. Elle disparaît en marmottant. Les premières dames racontent à voix basse des choses dans leur langue, ce qui fait rire le président. Quelques minutes plus tard, il se met à glousser. Le maire grogne, de plaisir, on dirait, ou peut-être ronronne-t-il. Difficile à dire. C'est peut-être Gertrude qui s'est réveillée, aussi.

Lilly mentionne les mots « changements climatiques » en parlant du temps dehors et une vive discussion s'ensuit. Le premier ministre, le maire, le grand Barré et Robert se mettent à parler de complot qui n'a pour but que d'ourdir une révolte économique contre la classe dirigeante qui, elle, ne se soucie que du bien-être de la société. Cela suffit à Lilly, qui a toute sa tête, pour s'offusquer. Fanny aussi semble avoir l'esprit clair. Elle entraîne tant bien que mal Charlotte avec elle dans la discussion et appuie Lilly. Elles parlent de leur inquiétude face à l'état de la planète qu'on lègue à la génération de Fanny, qui n'a que vingt ans.

— Et moi, j'en ai vingt-quatre ! dit Charlotte.

L'engueulade explose et oppose ceux qui parlent de dette économique et les autres, qui parlent de dette écologique. Lilly tente de faire comprendre aux dirigeants que sans écologie il n'y a pas d'économie, ni d'humanité d'ailleurs. Le chef des médias riposte que toute cette histoire est de la foutaise de toute façon, que tant que les arbres pousseront, nous serons quiets. Les premières dames se remettent à parler de robes de chambre, demandant si le coton et la soie qui servent à les fabriquer sont aussi en danger.

Ping et Mamadou reviennent avec des bougies. La tablée a changé d'allure. D'abord, Johanne est partie. Le chef de police aussi. Il manque une première dame, celle en jaune et bleu. Samuel aussi a disparu. Le grand Barré est maintenant assis près du curé ; il a enlevé son veston et tire sans cesse sur ses bretelles, qui claquent sur sa chemise – et sur sa poitrine – comme un fouet sur la fesse d'un cheval. Le maire parle tout seul. Parfois il tient son cellulaire dans les mains, parfois il le dépose sur la table. Il a les yeux dans la graisse de bines et n'arrête pas de grogner, comme s'il était sur le point de jouir. Sa Gertrude est sous la table.

Le curé change de place, trouvant le grand Barré trop importun, et vient s'asseoir à côté de Lilly. Les deux discutent et semblent heureux. Comme le curé a peu mangé, il a toujours une tête sur les épaules. Il observe et écoute. Il rit souvent.

Je décide d'aller à la recherche des disparus. Dans la cuisine, quatre gardes du corps se sont endormis, la tête sur la table, dont un carrément dans l'assiette de lasagne à moitié finie.

— C'était sa troisième portion, dit Ping en indiquant d'un coup de tête le jardin.

Je jette un coup d'œil dehors. Quatre autres porte-flingues sont couchés sur les chaises longues près de la piscine. L'un d'entre eux n'a plus de pantalon, il ne lui reste que ses bobettes et sa chemise.

— Et la femme ?

Ping montre du doigt la salle de lavage. J'y entre. La première dame de notre pays, madame Line, la robe remontée, la culotte baissée, est assise sur la laveuse alors que Fabienne, la garde du corps, lui fait une gâterie. Je ferme aussitôt la porte et tente d'oublier cette image. Je reviens dans la cuisine.

— Et Samuel, vous l'avez vu ?

Ping indique l'étage supérieur. Je monte et le trouve dans son ancienne chambre, effondré sur le lit, étendu comme une étoile, un sourire sur le visage. Je reviens en bas.

— Et le chef de police ?

Ping pointe les toilettes.

— Et Johanne ?

Ping ne l'a pas vue. Mamadou non plus. Au même moment, les lumières reviennent et tous les appareils de la cuisine affichent 0 : 00. On en a pour une demi-heure à faire le tour de la maison et à tout remettre à l'heure.

Je reviens à la salle à manger. La scène a encore dépéri. Le grand Barré fait le tour de la table avec une bougie dans les mains en chantant *Appelez-moi Philou, quelqu'un, appelez-moi Philou.* Robert et le président ont les yeux dans la brume. Les deux regardent droit devant eux avec un sourire béat. La nappe bouge de haut en bas et je me demande bien pourquoi. Est-ce Gertrude qui tire dessus ? Je me penche sous la table et jette un coup d'œil. Je vois Johanne et la femme du président, celle en bleu et jaune, en train de faire une pipe à Robert et au président. Mais, à cause de la pénombre, ou peut-être du repas, elles se sont trompées d'homme. Personne ne semble s'en rendre compte et les hommes ronronnent comme des chats dans les bras de leurs maîtresses. Le maire cherche sa Gertrude, qui est couchée sous une chaise. De la bave et de la sauce coulent dans les multiples plis de sa peau. Comme son maître.

Lilly s'approche de moi et me chuchote à l'oreille :

— J'ai pris deux cent douze photos. Certaines de textos aussi. Tu vas tomber en bas de ta chaise.

— Madame, est-ce que vous voulez toujours servir le dessert ? demande Ping.

Je regarde le spectacle et me tourne vers elle.

— Absolument. Préparez le salon.

9

LE LAPIN VOLANT

Fanny et Charlotte sont au salon, assises à placoter et à rire. Charlotte a les yeux vitreux, mais Fanny semble tout à fait lucide et ne paraît sous l'effet d'aucune substance, ni cannabis, ni alcool. Je ne me rappelle d'ailleurs pas l'avoir vue manger, même si son assiette était vide. Je n'en fais pas de cas. Pour l'instant. Je demande à Charlotte si Samuel est correct.

— Il me le dira bien demain !

Elle pouffe de rire.

Ça fait du bien de voir ma future belle-fille rire ainsi. Je crois que je vais l'aimer.

Lilly et le curé arrivent dans le salon en guidant le grand Barré, qui trouve encore l'homme d'Église à son goût. Il a déboutonné sa chemise et tente de l'enlever, mais ne veut pas se défaire de ses bretelles.

— Bien oui, Philou, tiens, mon Philou, viens t'asseoir, mon Philou, dit Lilly.

Lilly tire sur la manche de chemise du chef des médias tandis que le curé tente de le tenir en place. Il réussit à se libérer et marche maintenant autour du salon le torse à moitié nu, le nœud papillon toujours en place. Lorsqu'il se pète les bretelles, il crie de plaisir.

— Au moins, il fait le tour du salon, dis-je à Lilly. Allons chercher les autres.

Robert a fini de jouir et est en grande discussion avec le vieux renard. Eh bien, «discussion» est un grand mot. Ils marmonnent des choses au sujet d'un projet de loi qui sera présenté bientôt et qui concerne les combustibles fossiles et tous les scientifiques environnementaux du pays. *Les skirentifiques,* dit le premier ministre, *on s'en débarrasse avant qu'ils nous volent notre guichet automatique.* Robert le corrige. *Les scrientifiques, vous voulez dire. Oui, c'est ça, les skienfitiques, on s'en débarrasse,* répète le premier ministre. Robert ajoute: *Mais on garde les autres, ceux de la médecine et tout ça?* Le premier ministre met sa main sur celle de Robert. *Ben oui, Bob, ceux-là, oui. Mais pour les verts, il faut cacher les preuves, surtout avant les érections.* Robert le corrige de nouveau. *Les élections, vous voulez dire.* Le vieux renard confirme. *Oui, c'est ça, les érections. Ce ne sont pas les terroristes écologiques qui vont nous voler nos vacances dans le Sud!*

— Allez, les hommes, venez prendre le dessert dans le salon.

Robert lève les yeux. *Ah! C'est ma Jojo, ça,* dit-il en parlant au premier ministre. *C'est ma Jojo.*

— Ben oui, mon beau Bobby. Viens prendre ton dessert, mon Bobby.

*Ah ! Ma Jojo ! Tu vas m'appeler Bobbyyyyy ce soir,
n'est-ce pas ?* dit-il en se levant et en se trémoussant
le bassin, la braguette toujours baissée.

— On verra ça, mon Bobby. On verra ça.

Je lui prends la fourche du pantalon d'une
main et monte fermement sa fermeture de
l'autre, mais j'accroche son zizi au passage. Il
laisse échapper un grand cri. Le maire, assis en
face, se réveille. Le président se lance sous la table.
Deux porte-flingues arrivent en titubant, l'arme
au poing, le doigt sur la détente. Le chef de police
suit derrière eux, se frottant les yeux comme s'il
venait de se réveiller. Il tombe face à face avec
deux des premières dames du président, qui se
sauvent dans l'autre direction. Ma main est pleine
de sang. Robert est plié en deux sur le plancher.
Le chef de police lève le bas de son pantalon et
retire un petit revolver de sa gaine. *Mains en l'air !
Mains en l'air !* crie-t-il. Je tente de lui expliquer la
situation, mais il est trop dans sa bulle. Les autres
gorilles arrivent, ainsi que madame Line et sa
garde du corps, l'air au septième ciel toutes les
deux. Le chef de police me bouscule et je tombe
à genoux. J'aperçois au passage Johanne et l'autre
première dame endormies sous la table, elles s'en
sont mis plein la cravate. Robert tient son pénis
dans ses mains et pleure comme un bébé. Le
grand Barré, qui a maintenant du rouge sur les
lèvres et les joues ainsi que du bleu sur les paupières, accourt et offre de l'aider à le nettoyer.
Philou va béquer bobo. Madame Line a compris

qu'il fallait nettoyer quelque chose et arrive avec une bouteille de champagne à moitié pleine. Elle en vide le contenu sur le pénis fraîchement circoncis de Robert. Il crie de douleur. Je me lève, prends le pichet d'eau et le verse à mon tour. Mamadou arrive avec des glaçons, Ping avec des antidouleurs. Fanny a calmé le chef de police, qui comprend finalement ce qui s'est passé. Le maire essaie depuis le début de se lever de sa chaise pour mieux voir ce qui se passe. *Moi aussi! Moi aussi!* Gertrude, qui le pousse dans le dos, en a perdu sa couronne. Lilly la ramasse et la met sur la tête du maire en attendant que Mamadou et le chef de police aident le mastodonte à se relever pour le guider jusqu'au sofa.

Le pandémonium a réveillé tout le monde, sauf les deux gonzesses sous la table et Samuel en haut. Certains parlent aux murs, d'autres les écoutent et rient. Philou, planté devant le miroir, est en grande conversation. Un des effets secondaires du cannabis est d'ouvrir l'appétit. C'est ce qu'on appelle l'effet des « munchies ». Tout le monde a faim à nouveau. Mamadou, Ping et Lilly courent dans toutes les directions pour nourrir ces personnalités affamées. L'entracte est terminé. Le spectacle recommence. Le salon frétille, comme si on avait lancé des miettes de pain dans un tas de fourmis. Les conversations reprennent, les fous rires aussi. Robert s'est calmé. Mais sûrement pas pour longtemps, puisqu'il s'empiffre de mousse à l'érable. Lilly l'a convaincu qu'elle favorise la formation de cicatrices « à condition d'en manger beaucoup et vite ». Le maire a compris la remarque. Il en veut aussi, car il s'est fait mal, récemment, au mollet. Il tente d'atteindre celui-ci, mais ses bourrelets l'en empêchent. Il demande à Lilly de tirer sur sa patte de pantalon, mais mon amie maintient qu'elle le croit sur parole et lui offre plutôt du gâteau au chocolat « qui est très bon pour les blessures aux mollets ». Il mord à l'hameçon et commence à se gaver aussitôt. Gertrude en réclame et le maire lui offre des morceaux avec ses doigts en se les léchant entre chaque bouchée.

Fanny et son parrain, le chef de la police, discutent dans un coin. Lui s'empiffre de coulis aux framboises tandis que Fanny ne mange rien. Elle gesticule outre mesure en se forçant à chuchoter. Elle sort son cellulaire, appuie sur quelques touches et l'approche de l'oreille de son parrain, dont le teint devient livide. Elle agite son index devant son visage puis montre du doigt Robert et le maire. Le chef de police s'arrête soudainement de manger et dépose son assiette sur une petite table. De quoi peuvent-ils bien discuter ? Mamadou passe à côté de moi et je le prie d'aller offrir un morceau de dessert à Fanny. *Cela me surprendrait qu'elle en prenne, madame,* laisse-t-il tomber.

— Je vais lui en offrir, moi. Elle ne pourra pas me le refuser.

Mamadou me dit que ce n'est peut-être pas une bonne idée. Je le questionne du regard. Il chausse ses yeux de diplomate et ne dit rien. Je décide d'aller voir Fanny et le chef de police. Lorsque je m'approche d'eux, Fanny cesse de parler.

— N'as-tu pas faim?

— Non, merci. J'avais mangé avant de venir.

Elle me tire dans un coin et s'excuse auprès de son parrain, en l'avertissant qu'il a un téléphone à faire. Il confirme avec un signe de la tête, sort son cellulaire de sa poche et disparaît dans l'autre pièce en titubant.

— Je sais, dit-elle en regardant la scène devant elle.

— Que sais-tu?

Je tente de mettre le visage de l'innocence. Elle s'apprête à parler, mais le grand Barré passe près de nous, maintenant sans chemise ni pantalon, ne portant que son caleçon boxer bleu métallique avec des points dorés, comme son nœud papillon. Il a attaché ses bretelles à son boxer et tire dessus en criant *Philou!* Lorsqu'il s'éloigne, Fanny poursuit.

— Le pot. Je sais.

— Ah bon?

— C'est moi qui l'ai fourni à Mamadou. Je ne savais pas, par contre, que c'était pour cet usage! Mais, après deux bouchées en entrée, j'ai tout compris.

— Ah bon?

Je suis soudainement terrifiée qu'elle en ait parlé au chef de police. J'affiche un air d'enfant qui s'est fait prendre avec les mains dans le pot de biscuits.

— C'est ce que tu disais au chef de police, il y a quelques minutes?

Merde. Tout est foutu!

— Pas du tout.

— Ah bon?

Elle toise les environs et baisse le ton.

— C'est de lui que je l'ai acheté!

— Quoi?

— C'est mon parrain qui me fournit le pot. Ça fait des années, depuis l'école secondaire...

— Quoi?

— Il nous vend à très bas prix ce qu'il saisit. Le pot que vous avez cuisiné vient de la descente d'il y a quelques semaines, quand Freddy a été emprisonné.

— Quoi?! Mais que lui as-tu dit, alors?

— Qu'il relâche Freddy ou je révèle tout. Lorsque j'ai acheté le pot la semaine dernière, j'ai enregistré notre rencontre.

Elle sort son cellulaire et me fait écouter l'enregistrement.

— Freddy devrait être ici dans environ une heure.

— Quoi?!

J'appelle Lilly, qui vient nous rejoindre. Je lui raconte tout devant Fanny. Nous nous retournons toutes les trois. Robert rit aux éclats. Ça fait des lunes que je l'ai vu ainsi. Je le trouve presque beau, mais je ressens aussi de la pitié. Johanne est réveillée et sort de sous la table à manger, en marchant à quatre pattes jusqu'au salon. Un de ses nichons dépasse de sa robe. Le maire offre de le replacer. Samuel fait son apparition dans le salon. Il se frotte les yeux, ne comprend pas ce qui se passe. Il voit Charlotte et lui dit : *Appelle-moi Sammy, ma chérie.* Et les deux repartent en haut.

Gertrude se met à japper. Le maire, la bouche pleine, lui demande ce qu'elle a. Il lui offre un morceau de gâteau, mais elle continue de japper. Puis, il se met à agiter la main devant son visage. Une mouche ? Je ne vois rien. Ses gestes deviennent plus imposants. Il tente de se lever, sans succès. Il se met à crier et à agiter ses mains devant son visage. Gertrude jappe plus fort. Mamadou, Ping et le curé tirent de peine et de misère le maire du sofa. Je demande à Lilly si elle voit quelque chose. Elle répond que non. Le curé non plus. Personne ne voit quoi que ce soit. Le maire semble vouloir attraper quelque chose dans les airs.

— Que fais-tu, papa ? demande finalement Fanny.

Il parle d'un lapin. *Le lapin volant ! Il faut l'arrêter ! Le lapin volant !* Mamadou s'approche et lui demande s'il peut faire quelque chose pour lui. *Vos gants ! Passez-moi vos gants !* Sans poser de questions – l'invité a toujours raison –, Mamadou enlève ses gants blancs et les donne au maire, qui les enfile avec difficulté. D'abord, il se trompe de main et met son petit doigt dans le pouce du gant. De l'autre main, il tente toujours d'attraper son lapin volant. *Il est plein d'huile. Il me faut des gants ! Garçon ! Vos gants !* Mamadou lui dit qu'il les a déjà dans les mains et tente, sans grand succès, de les enfiler comme il faut. Robert, assis avec Johanne, demande ce qui se passe et je lui dis, très sérieuse, que le maire tente d'attraper le lapin volant. *Le jaune ou le rose ?* demande le président, assis à côté de Robert. « Le rose », répond Lilly du tac au tac. *Ben voyons s'il est rose ! crie le maire. Ça n'existe pas, des lapins roses ! Il est blanc ! C'est un lapin volant blanc !* Le président enlève ses lunettes, les essuie et les remet. *Je le vois ! Il est là !* Il grimpe sur la table à café et essaie de l'attraper comme un ballon au passage, puis tombe à la renverse en laissant échapper ses lunettes, que je ramasse et mets dans la craque de mes seins. Robert voit le lapin au cou de Johanne et essaie de le prendre. Bientôt, tout le monde se met à la course au lapin volant. Sauf le prêtre. Debout au milieu du salon, le curé lève les bras au ciel et, d'une voix cuivrée, crie :

— J'en ai assez ! Ça suffit, ce cirque !

Les gens se tournent vers lui et oublient le lapin volant. Sauf le maire, qui agite toujours les mains devant son visage. L'homme d'Église a le regard noir. Le grand Barré s'approche de lui et se met à genoux. *Pardonnez-moi ! Bénissez-moi !* Le curé le regarde sans pitié, puis commence à défaire son col blanc. Il le retire.

— Les dieux sont en colère ! crie une première dame.

Elle s'agenouille comme le grand Barré et se met à réciter une prière à voix haute.

Les autres premières dames l'imitent. Bientôt, presque tout le monde est à genoux devant le curé. Celui-ci porte son regard vers Lilly et enlève tranquillement sa soutane, devant les yeux ahuris, puis curieux, de l'assemblée. Lorsqu'il se découvre, on voit une petite poitrine et les rondeurs d'une femme.

— C'est une femme! crie Johanne. C'est une femme!

— Je m'appelle Louise, mais tout le monde m'appelle Loulou.

Robert, qui n'en croit pas ses yeux, se tape le front. *J'aurai tout vu.* Lilly fige puis pouffe de rire. Le maire, quant à lui, se met à crier, encore une fois. *Il est là! Le lapin volant! Il est revenu.!* Et la course au lapin volant reprend. On oublie Loulou aussitôt.

— Lilly, on passe au plan B.

— Quel est le plan B?

— Réunis les sains d'esprit et rejoins-moi dans la cuisine.

10

LE PLAN B

Nous sommes tous enfermés dans la dépense, ce qui semble être l'endroit le plus sûr de la maison. Mamadou, Ping, Fanny, Lilly et Loulou me dévisagent en attendant que je donne les directives pour le reste de cette mémorable soirée. Je me racle la gorge. J'ouvre la bouche pour dire quelque chose, certaine qu'un plan s'inventera. Rien ne sort.

— Et puis, le plan B, c'est quoi, Jojo ? demande Lilly.

Ils me regardent tous comme si j'avais la réponse à une grave catastrophe mondiale. Le pire, c'est que je n'ai aucune idée de ce qu'il faut faire. Je n'ai qu'une envie : prendre mes cliques et mes claques et partir. *Vous n'irez pas loin, madame,* laisse tomber Mamadou, comme s'il lisait dans mes pensées.

Soudainement, la porte tremble sous des coups. Nous figeons tous.

— Chut ! soufflé Lilly.

— Et si c'était la police ? demande Loulou.

— La police ? Quelle police ? rétorque Fanny. Elle dort au gaz, la police !

— De toute façon, les membres de la police ici sont des loques, note Lilly.

Les coups retentissent encore. *Maman ? Maman ? Es-tu là ? Qu'est-ce qui se passe ?*

— C'est Freddy ! Ouvrez-lui ! dis-je à Mamadou.

Freddy entre et nous regarde comme si on était des extraterrestres. Fanny lui saute au cou. Il nous demande aussitôt pourquoi le salon et la salle à manger ressemblent à un cirque. *On dirait une scène tout droit sortie de l'Assemblée nationale.*

— Comment es-tu entré ? Les services secrets ont-ils dit quelque chose ?

Rien. Il n'a eu qu'à présenter sa carte d'identité pour prouver qu'il était le fils du ministre.

— Et personne dehors ne se doute de rien ?

Il rigole. *Pas du tout,* jure-t-il.

— Ton père t'a vu ? je lui demande, inquiète.

Non. Il avait la vue cachée, m'assure-t-il. Je lui donne quelques explications sur la soirée, mais, à mesure que je parle, il se met à rigoler, puis à rire. Il s'effondre par terre, en larmes. *Toi, maman ?* Lilly nous presse.

— On ne sait pas pendant combien de temps le lapin volera… Il nous faut un plan B !

— Oui, je le sais.

J'affiche un air sérieux comme un pape. C'est un miracle qu'il nous faudrait. Je n'avais pas prévu quitter mon mari dès ce soir. Je crois que je commence à peine à réaliser l'ampleur de la situation. À cet instant précis, je décide de changer ma vie.

— Je pars.

— Où vas-tu ? demande Lilly.

— Et nous ? s'inquiète Fanny.

— Où allez-vous ? s'enquiert Ping.

— Je ne sais pas. N'importe où. Mais je quitte cette vie. Il n'est pas question que je me réveille dans cette maison une autre fois.

Lilly sourit.

— Pourquoi souris-tu ?

— Le voyage dans le Sud dont tu parlais, c'est peut-être le temps d'y penser, suggère-t-elle.

— Un voyage dans le Sud ? demande Fanny.

— Oui, ce serait trop beau pour être vrai. Je voulais y aller pour notre trentième anniversaire.

Je réfléchis. Je m'y vois, dans le Sud, sur une plage... En effet, trop beau pour être vrai.

— Bon. Soyons réalistes.

— Si tu vas dans le Sud, j'y vais avec toi ! lance Lilly.

— Moi aussi ! dit Fanny.

Un écho de « moi aussi » résonne dans la dépense.

— Vous êtes bien drôles !

— Nous sommes sérieux, dit Lilly en scrutant le visage des autres.

— Vous voulez partir ?

Tout le monde fait signe que oui.

— Pour le Sud, on verra. Pour l'instant, il nous faut sortir d'ici sans que les services secrets ni la police s'en rendent compte, dis-je. La maison est encerclée!

Freddy se met à rire.

— Pourquoi ris-tu?

Il nous dévisage avec un grand sourire. Je répète :

— Freddy! Il n'y a rien de drôle en ce moment. Il nous faut penser à une façon de sortir d'ici sans que...

Freddy m'interrompt. *Vous n'êtes pas sérieux?* Il nous dévisage tous un à un. Et il s'esclaffe. Nous nous regardons tous sans rire. Il nous indique que la solution est sous nos yeux.

— Quelle solution? Comment peut-on sortir d'ici sans que les services secrets nous voient?

Je fais le compte. Lilly, Loulou, Fanny, Freddy, Mamadou, Ping et moi-même.

— Nous sommes sept. Sept personnes à sortir d'ici, discrètement...

Réveillez-vous! lance Freddy. *Nous avons un chauffeur privé, des gardes du corps, un jet présidentiel et des passe-droits diplomatiques. Nous allons nous en servir!*

— Mais comment? demande Fanny.

— Tu ne veux sûrement pas dire que nous allons nous...

Lilly ne finit pas sa phrase. Je la termine pour elle :

— Nous déguiser?

— Il nous en faut, du maquillage! annonce Lilly. Le président est noir et...

Cette fois-ci, elle ne termine pas sa phrase à cause de l'évidence. Tout le monde se tourne vers Mamadou en même temps.

— Président Mamadou ! dis-je, tout excitée.

Je sors les lunettes du président et les pose sur le bout de son nez. Il sourit. Sa peau a changé légèrement de couleur, ses joues sont sûrement rouges sous le noir brillant.

— Génial !

— Et les quatre premières dames ? demande Loulou.

Je réfléchis tout haut.

— Il nous faut les habits des quatre premières dames, du président et de deux gorilles. Lilly, Fanny, Ping et moi-même nous déguiserons en premières dames, Mamadou sera le président, Freddy et Loulou deviendront des gardes du corps. C'est bon ?

Tout le monde reste bouche bée.

— Youhou ?

Un concert de « oui » résonne aussitôt. Je continue.

— Lilly et Loulou, vous conduirez les premières dames en haut sous prétexte d'essayer des robes de chambre de Venise. D'ailleurs, j'en ai une. Freddy, as-tu toujours la peinture dans le coffre des déguisements d'Halloween ?

Il fait signe que oui.

— Nous allons nous noircir les mains, le visage et le cou. Le reste sera couvert par le tissu. Et puis, de toute façon, la nuit, tous les chats sont gris.

Je me tourne vers Mamadou.

— Mamadou, vous pouvez garder votre habit noir. Il ne nous faut que la cravate du président.

Fanny a dit l'avoir vue sous la table.

— Le président?

— Non, la cravate!

— Et une des premières dames aussi. Elle est toujours sous la table, note Ping.

— Il va falloir la sortir de là. Il nous faut son ensemble.

— Mamadou et Ping, vous vous occupez des déguisements. Ping, allez chercher le maquillage et commencez le barbouillage. Fanny et Freddy, trouvez les deux gardes du corps les plus pafs et prenez leurs habits. Moi, je prépare notre sortie.

Cela prend quelques secondes au groupe pour saisir ce qui se passe.

— Allez, bougez!

Freddy lève la main et ajoute qu'il nous faut nos passeports.

— Nos passeports?

Loulou, Ping et Fanny ont posé la question en même temps.

— Oui, vos passeports, dis-je. Je n'y avais pas pensé. Merci, Freddy.

— Où allons-nous? demande Loulou.

— Le mien est à la maison, dit Fanny.

— Le mien aussi, dit Loulou.

Celui de Freddy aussi, évidemment.

— Où allons-nous? demande à son tour Ping.

Freddy rappelle que nous avons un jet présidentiel qui doit retourner en Afrique…

Tout le monde le regarde et personne ne bouge. J'enchaîne:

— Freddy, à bien y penser, comme il est risqué que tu sois vu, surtout par ton père, prends la voiture discrètement et va chercher tous les passeports.

Freddy note que rien ne se fera discrètement lorsqu'il mettra le pied dehors. Mais il ajoute qu'il dira aux policiers postés devant la maison qu'il retourne chez lui, un point c'est tout. Loulou, Lilly et Fanny lui laissent leur clé de maison et lui expliquent où se trouve leur document. Mon fils fait le calcul et avertit qu'il en a pour près d'une heure.

— Hummm... c'est trop, dis-je. Peut-être pouvons-nous demander au chauffeur de faire des arrêts aux différents endroits en route vers l'aéroport?

Mamadou s'éclaircit la voix. Nous nous tournons tous vers lui. Il annonce qu'il ne serait pas prudent de dévier des habitudes du cortège présidentiel. *Je les connais suffisamment pour savoir que le moindre détail hors de l'ordinaire leur met la puce à l'oreille, madame.* Il suggère plutôt que Freddy nous retrouve directement à l'aéroport. Il lui explique exactement où nous attendre, lui qui est souvent allé à la section VIP dans le cadre de ses fonctions pour aller chercher des invités d'honneur. Freddy acquiesce, serre la main de Mamadou, dépose un baiser sur ma joue et offre un doux regard à Fanny.

— À tantôt, Fred...

J'ai la gorge nouée. Je me reprends.

— Freddy. Fais attention.

Aussitôt parti, je redistribue les tâches et demande aux filles de venir m'aider.

— Mamadou et Ping, les gardes du corps et le maquillage. Fanny et Loulou, les habits des premières dames. Lilly, viens avec moi. Avant de faire quoi que ce soit, allons chercher les cellulaires de nos invités.

— Oh! s'exclame Lilly. Le trésor d'information! Mais il faut des codes.

— Hummm... en effet. Allons voir.

Tout le monde sort de la dépense avec une tâche à accomplir. Dans le salon, il me faut quelques instants pour saisir la scène. Le maire roupille, la bave coulant du coin de la bouche, la couronne de Gertrude sur la tête, le nez barbouillé de poudre blanche. Dans une main se trouve le lapin de Johanne, et dans l'autre, une petite pipe et un sac de poudre. Robert a le nez dans la craque de Johanne, qui fredonne un chant. Il marmonne des choses que je ne comprends pas. Il tient une bouteille de whisky dans ses mains, celle qui coûte très cher. Je m'approche.

— Mon beau Robert.

Il ne réagit pas.

— Mon beau Bobby.

Il lève les yeux et tente de me fixer. Je répète :

— Mon beau Bobby. Dis-moi, que fais-tu les jeudis soir?

Il sourit et porte sa main sur le sein de sa secrétaire. Il me dit qu'il ne trompe personne, puisque c'est avec Jojo qu'il se fait des petits plaisirs. *J'ai*

droit à une pipe tous les jeudis soir, n'est-ce pas, ma Jojo ?
Elle met la main sur sa fourche, il crie de douleur.

— C'est bien ce que je pensais.

Il tire sur ma robe et me demande de m'approcher. Il me souffle à l'oreille qu'il a mal à son zizi. *Tu peux lui faire des caresses ?* Je croyais que cesser d'aimer quelqu'un prenait des mois, voire des années. C'est peut-être le cas, mais ce qu'il me restait d'amour pour Bobby vient de s'évaporer en deux secondes. Je reste plantée devant Robert, figée comme une statue. Les trente ans de vie de couple avec cet homme s'échappent par les pores de ma peau. Je ressens d'abord de la nostalgie, puis ces années se transforment en vague souvenir. J'avais cru épouser un homme juste, bon, vrai, authentique. Le pouvoir aura dévoilé sa vraie nature.

— Jojo ! Que fais-tu plantée là comme un cactus ?

Je me sens effectivement comme un cactus, et les épines poussent vers l'intérieur. J'ai mal.

— Jojo ! Bonyenne ! Réveille !

— Oui, Lilly. Désolée, je divorçais.

— Eh bien, accouche. Et bouge !

Lilly et moi nous faufilons à travers le tohu-bohu de la maison et faisons la collecte de tous les téléphones cellulaires que nous trouvons. Certains doivent être débloqués par des codes, mais les langues sont suffisamment déliées pour qu'on réussisse à les obtenir. Lilly note tout. D'autres requièrent l'empreinte digitale du pouce, ce qui s'avère un peu plus compliqué vu que leurs propriétaires sont occupés à giboyer au lapin volant. En effet, le président et le premier ministre sont toujours absorbés par la chasse à l'oreillard.

— On dirait qu'ils sont en train de sonner le massacre ! ironise Lilly.

Assis par terre derrière le sofa, le président ne cesse de répéter, tout en agitant ses mains devant lui, que le lapin est si soyeux qu'il n'arrête pas de lui échapper. Le vieux renard lui suggère de porter des gants. J'en profite donc pour dire aux deux chefs d'État que je connais une application cellulaire pour attraper les lapins volants et qu'il me faut donc leur téléphone. Le président tâte sa poche de veston et tente de l'en retirer, mais il en est incapable. Je lui donne un coup de main puis prends son pouce, que je réussis à maintenir en place pendant une seconde, pour déverrouiller le téléphone. Je commence à faire défiler les messages. Lilly s'approche et me dit que ce n'est pas le temps de jouer l'espionne.

— Donne-le-moi. On s'en occupera plus tard. C'est celui du premier ministre qu'il nous faut maintenant.

Je me retourne vers le vieux renard, qui s'est levé et cherche les gants blancs pour le président. Je le talonne et lui demande son cellulaire. Il tâte machinalement sa poche de veston mais ne le sort pas. Je répète l'histoire au sujet de l'application pour attraper les lapins volants et il éclate de rire. Il rit de plus en plus fort et attire l'attention. Maintenant,

Robert, Johanne et le grand Barré se mettent à rire. Ce qui réveille le maire. Le cirque reprend. J'insiste.

— Mon téléphone est en panne, je peux utiliser le vôtre ? Je dois appeler mon fils.

Le vieux renard acquiesce et réussit enfin à retirer le téléphone de sa poche de veston, y tape son code (que je note mentalement !) et me le donne.

— Le cellulaire du vieux renard ! s'exclame Lilly. J'ai bien hâte de voir ce qu'on y trouvera !

— Allons ! Les premières dames maintenant !

Le grand Barré nous aperçoit en train de zigonner avec les téléphones. Il arrive avec le sien et nous demande de faire des égoportraits avec lui. Merde !

— Vous devriez les publier sur votre compte Twitter, suggère Lilly.

Bonne idée ! Il s'assoit par terre et commence à taponner son cellulaire, mais n'arrive pas à appuyer sur les bonnes touches.

— Laissez-moi vous aider, propose Lilly. Quel est votre code ?

Il le lui donne. Elle prend quelques photos de lui.

— Vous voyez, lui explique-t-elle, c'est ici qu'il faut peser, sur « Publier ». Vos comptes Twitter et Facebook sont-ils liés ?

Il acquiesce avec un grand sourire.

— Voilà, c'est fait ! Quelqu'un vous appellera Philou ce soir.

Je fourre le tas de cellulaires dans un sac. Lilly continue de prendre des clichés et des vidéos avec le sien.

— Je n'ai presque plus de batterie ! souffle-t-elle.

Mamadou arrive dans le salon et fait signe qu'il faut se presser, puisque deux gardes du corps commencent à reprendre leurs esprits.

— Il nous faut la cravate du président ! dis-je à Lilly.

— Fanny a dit qu'elle était sous la table. Allons voir.

Il y a de la vie dans la pièce, mais également sous la table. Lilly et moi nous mettons à quatre pattes et trouvons une des premières dames, la plus corpulente, la femme numéro un du président. Comme elle a mangé à s'en faire péter la sous-ventrière, elle a ingéré une dose plus élevée de cannabis, en plus de boire à ventre déboutonné. Le mélange des deux substances donne le résultat que voici. Lilly tente de réveiller la femme. Celle-ci remue légèrement et se plaint d'avoir la tête lourde. Je la supplie de se lever et de nous suivre, lui assure que j'ai de bons médicaments. Nous nous mettons à deux, Lilly et moi, pour tirer sur sa robe afin de la sortir de sous la table. Mais, alors que nous halons sur le grand tissu qui l'enveloppe, elle roule et nous nous retrouvons avec la robe dans les mains, sans première dame. Elle se remet à ronfler.

— Il nous faut son foulard, Lilly ! lui dis-je en chuchotant.

Lilly retourne sous la table et tire sur l'écharpe de la femme, qui marmonne quelque chose en tentant de le retenir.

— Donne-moi une serviette de table !

Je m'exécute. Lilly déroule le tissu de la tête de la première dame et le remplace par une serviette de table. Elle mâchonne quelques mots et retombe dans un profond sommeil.

— Lilly, juste là ! La cravate du président !

Elle prend la cravate et l'examine.

— Une tache blanche... On dirait du sperme.

— Lilly !

Elle l'analyse de plus près.

— Si c'est le cas, son machin est pas mal puissant.

— Franchement !

— Tiens. C'est toi l'experte en la matière.

Elle me tend la cravate. Je la prends et j'examine la tache en question.

— Ça ressemble à celui de Bobby.

Elle pouffe de rire. Et moi de même. Je me surprends. J'entends Gertrude qui jappe.

— Vite, Lilly ! Allons-y !

Nous partons à la course. En passant devant la salle de lavage, j'ouvre la porte pour prendre un sac, et je trouve madame Line et la garde du corps étendues sur des serviettes, par terre, la chatte à l'air, les deux dormant en chien de fusil. Je referme la porte sans bruit. Je jette un coup d'œil par la fenêtre. Je vois Mamadou et Ping tirer sur le pantalon d'un des gorilles qui s'est effondré sur le gazon, celui qui a mangé trois portions. Je ramasse quelques petits trucs dans la cuisine – mes vitamines et des crèmes – et les empile dans les bras de Lilly en cours de route. Mon amie fourre tout ce que je lui donne dans le grand tissu jaune et bleu. Nous prenons l'escalier et arrivons face à face avec deux des premières dames, celle en jaune et rouge et l'autre en jaune et vert. Avec un grand sourire, elles disent en rigolant qu'elles visitaient la maison et qu'elles espèrent que nous n'y voyons pas d'inconvénient. Puis, le visage de celle en jaune et vert change du tout au tout. Elle voit, dans les mains de Lilly, l'ensemble jaune et bleu, qui est rempli de cossins et que mon amie porte comme un baluchon. La cravate de leur mari dépasse.

— Mais c'est à la matrone, ce tissu !

L'autre perd aussi son sourire.

— Et à notre mari, cette cravate !

Réagir vite. Avec grâce. Et avec le sourire le plus détendu du monde. Règles de base d'une femme de ministre. Ou d'une femme trompée. Frapper après. Une seule chance possible.

— Ah ! Il vous a déjà dit le secret ?

Lilly comprend immédiatement et joue le jeu.

— Ah non ! A-t-il déjà dévoilé le secret ?

Et elle fait la moue d'un épagneul abandonné. Celle en jaune et vert mord à l'hameçon.

— Quel secret ?

L'autre suit comme un mouton.

— Secret ? Quel secret ?

Je mets ma main devant ma bouche et pouffe de rire. Lilly m'imite. Je fais signe aux dames d'approcher et leur dis en chuchotant :

— Les robes de chambre !

Lilly rajoute :

— En soie.

Et moi encore :

— De Venise ! Vous voulez les essayer ?

— Vous pourrez repartir avec, ajoute Lilly.

Les deux femmes ricanent, parfaitement excitées, et nous remontons toutes à ma chambre. Je leur demande où est la première dame en jaune et orange. Elles ne le savent pas. Lilly et moi déroulons sans aucun problème les grands tissus qui font office de robes à nos deux invitées. Nous les envoyons dans la salle de bain et leur disons que nous reviendrons tout de suite avec les autres robes de chambre, en leur suggérant d'essayer celles sur la patère en premier. Une des premières dames me prend le bras et me tire vers elle en rigolant comme une petite fille.

— Venez avec nous !

— Oui, j'arrive !

Je referme la porte et souffle à Lilly qu'il nous manque toujours une première dame.

— Prends ton passeport et tes affaires, dit-elle. Je vais à sa recherche.

J'accroche quelques vêtements au passage et les jette dans un sac. Je prends aussi les habits que Lilly garde chez moi et les lance avec mes affaires. Je cogne à la porte de la salle de bain et crie aux femmes que je serai de retour dans cinq minutes. Je pars avec les grands bouts de tissu. En entrant dans la cuisine, je tombe face à face avec Loulou, qui a déjà enfilé les vêtements du garde du corps. Mais elle ressemble à une puce dans un habit d'éléphant.

— Tu es beaucoup trop petite !

— Eh bien, nous avons perdu Freddy. Et Mamadou doit être le président. Qui peut bien être garde du corps ? Lilly est aussi petite que moi. Elle me zieute de haut en bas.

— Bon ! J'ai compris. J'ai le gabarit.

Je réfléchis.

— Mais je dois jouer la matrone ! Il nous faut au moins une première dame corpulente.

Mamadou arrive derrière nous avec des serviettes et mes bottes à talons. Sans dire un mot, il commence à bourrer le veston et le pantalon de Loulou.

— Génial ! Et le pantalon est assez long pour cacher les talons.

Fanny et Ping arrivent en même temps, le visage déjà noirci.

— Vite ! À nous maintenant !

Lilly se pointe enfin avec le tissu de la dernière première dame, le jaune et orange.

— Où était-elle ?

— Je n'en ai aucune idée. Je n'ai trouvé que le tissu.

— Pas le foulard ?

— Non.

— Avons-nous perdu une première dame ?

— Je n'en ai aucune idée.

— Bon, j'ai un linge à vaisselle jaune et orange. Ça devrait faire.

Nous passons les prochaines minutes à nous beurrer de noir le visage et les mains. Puis, Ping nous enveloppe toutes selon la méthode africaine. Les bruits se font de plus en plus forts dans le salon.

— On dirait que le party reprend. Il faut se dépêcher !

Une fois les quatre femmes enroulées, nous nous regardons dans le miroir et sursautons.

— Une chance qu'il fait nuit !

Comme nous sortons de la cuisine, le premier ministre entre et demande si quelqu'un a vu sa femme. Je détourne le visage pour éviter qu'il me reconnaisse, mais il a les yeux complètement vitreux et a peine à voir devant lui. Je m'apprête à lui dire que, non, je n'ai pas vu sa femme, puis, après une réflexion de deux secondes, je me ravise.

— Madame Line est dans la salle de lavage.

Nous rasons les murs du salon. Je n'ose pas regarder. Tout ce que je vois est le grand Barré à quatre pattes, marmonnant qu'il cherche son cellulaire. Nous nous arrêtons tous au pas de la porte.

— Qui sort en premier ?

— Jojo ! C'est toi qui poses la question ? C'est toi qui dois savoir ça ! Quel est le protocole ? demande Lilly.

J'ai l'esprit embrouillé.

— C'est Loulou. La garde du corps.

— Et si on nous demande où sont les autres gardes du corps ?

— Une chose à la fois. Un, deux, trois, prêts, pas prêts…

Nous ouvrons la porte et le maire demande à se lever. Gertrude se met à japper.

— Vite !

Nous nous hâtons calmement dehors. Loulou fait semblant de parler dans son micro de manche de veston, la tête baissée. Le président Mamadou la suit, le visage baissé aussi, et puis les quatre premières dames sortent, Lilly, Fanny, Ping et moi en dernier. Un des policiers nous demande effectivement où sont les autres gardes du corps. Mamadou répond sans hésiter qu'ils viendront plus tard, qu'il est pressé. Le policier lui demande de répéter. Il l'avertit qu'il n'est pas dans le protocole de sécurité de partir sans les autres gardes du corps. Mamadou ne bronche pas. *J'ai dit nous partons !* Le policier ouvre la portière et fait signe aux autres de prendre leur place. Les motos et les voitures de patrouille allument leurs gyrophares et se préparent à nous suivre.

Dans la limousine, nul besoin de dire quoi que ce soit. Nous entendons à la radio que le jet présidentiel doit être préparé, puisque le président part à l'instant. Je chuchote à Lilly qu'il nous aurait été impossible de passer par chacun des domiciles.

— Pourvu que Freddy arrive à temps !

Les feux rouges ne sont que des décorations. Nous filons à toute allure à travers la ville et le passage s'ouvre comme par magie. Le pouvoir du pouvoir…

— La Twittosphère est en feu, murmure Lilly. L'égoportrait du chef des médias vêtu de ses bobettes et de son nœud papillon est rendu aux quatre coins du globe.

— Qu'est-ce qu'on en dit?

— Certains croient à un canular, d'autres sont outrés, mais la plupart demandent sa démission.

— Bonne chose.

Fanny s'amuse avec tous les pitons et bidules de la limousine présidentielle. Lorsqu'elle appuie sur un bouton, une plaque glisse et découvre un plateau réfrigéré couvert de minibouteilles. Un autre bouton le fait monter. Fanny examine ce qui s'y trouve.

— Il y a même du Moët & Chandon rosé. Mon préféré! s'exclame Fanny.

— Vaut mieux ne pas y toucher, lui dis-je.

— Et pourquoi pas? demande Lilly.

Elle s'étire pour prendre la bouteille et, lorsqu'elle la soulève, un autre compartiment s'ouvre.

— Un compartiment secret! s'écrie Fanny.

— Qu'est-ce qu'il y a dedans? demande Lilly.

Fanny énumère les objets qu'elle y voit – des papiers, des bijoux, des enveloppes. Elle retire une des enveloppes et y jette un coup d'œil.

— Mais voyons! Ce n'est pas de nos affaires!

— Jojo, franchement, dit Lilly, c'est toi qui dis ça? Toi, déguisée en première dame d'un pays, assise dans la limousine d'un président? Toi…

Alors que nous discutons, Fanny ouvre l'enveloppe. Elle fait de gros yeux, met sa main devant sa bouche, la referme, puis me la tend. Je soupire et y jette un coup d'œil.

— Des billets de banque. Beaucoup de billets!

Je sors quelques piles et évalue rapidement la quantité qui s'y trouve.

— Il doit bien y avoir trente ou quarante mille euros ici!

Fanny sort une autre enveloppe.

— Celle-ci contient des dollars.

Une note accompagne l'argent. *Troisième et dernier paiement. Dossier clos!*

— C'est l'écriture de Robert, ça!

Je lui arrache la note des mains. Et je répète :

— C'est bel et bien l'écriture de Robert!

Fanny compte l'argent alors que je contemple le message. Qui est cet homme avec qui j'ai couché pendant trente ans? J'ai l'impression d'être dans un film.

— Cinquante mille dollars!

— Un peu plus de cent mille dollars en tout, note Lilly.

— Est-ce normal de se promener avec autant d'argent liquide?

— Non, Jojo. Ce n'est pas normal.

— Mais c'est la norme, dit Ping d'une toute petite voix.

Nous nous retournons tous vers elle. Ce sont les premiers mots qu'elle prononce depuis notre départ. Mamadou confirme. *Et plus vous montez dans la hiérarchie, plus les enveloppes sont épaisses, madame.* Je suis abasourdie. Si le cannabis n'a pas sauvé mon couple, il aura certainement permis à la vérité de se dévoiler.

Le mobilophone crache des directives. Vu l'heure tardive, l'entrée principale du salon VIP à l'aéroport est fermée et on demande au chauffeur de passer par-derrière. Je panique. Et Freddy? Et les passeports? Nous aboutirons tous en prison.

— Il n'est pas trop tard pour nous rendre, dit Lilly, comme si elle lisait dans mes pensées.

— Et leur dire quoi? Que je voulais baiser avec mon mari, mais que, en cours de route, j'ai découvert qu'il était un corrompu dans l'âme?

Les larmes me montent aux yeux. Je n'ai pas encore avalé mon divorce, même si c'est moi qui ai mangé le plat.

— Et de quel crime nous accuseront-ils, au juste?

— Tu veux que je dresse une liste? ironise Lilly.

— Ouais, tu as peut-être raison. Rendons-nous. Pourvu que nous partagions la même cellule, dis-je, railleuse.

Il commence à pleuvoir. Des gouttes grosses comme des cerises se mettent à marteler le pare-brise.

— De toute façon, on ne peut même pas sortir. Notre maquillage coulera et tout sera dévoilé.

Je me tourne vers Mamadou, assis en face de moi.

— Mamadou, voulez-vous leur dire de nous amener au poste de…

Je ne peux pas terminer ma phrase. Le chauffeur a allumé la sirène pour annoncer notre arrivée à l'aéroport. Je transpire.

— Ton maquillage coule déjà, observe Lilly. Elle prend un bout de mon tissu et éponge mes tempes.

— Des passeports !

Fanny, qui continuait son exploration, tient une enveloppe contenant cinq passeports. Lilly les sort.

— Les quatre premières dames et le président ! Nous prendrons ceux-ci !

— Mais les photos ? Nous ne ressemblons pas vraiment à ces gens. Non, je crois que nous devons nous rendre.

Ping intervient :

— Ils ne regardent jamais les photos, madame. Ils ne font qu'étamper un bout de papier. Ils ne posent jamais de questions, car ils supposent qu'elles ont toutes été posées avant d'entrer dans le salon.

En tournant le coin, j'aperçois près de la porte d'entrée Freddy, qui tente visiblement de négocier son passage vers la section VIP.

— Lilly, c'est Freddy !

Mamadou se retourne et, pour la première fois depuis que je le connais, parle d'une voix ferme et assurée. Présidentielle. Il dit à Loulou, assise devant, de donner l'ordre au chauffeur d'arrêter prendre son attaché de presse.

— Votre attaché de presse ?

Elle voit Freddy, puis comprend.

— Oui ! Votre attaché de presse !

Loulou répète la directive pour la forme. Le chauffeur marmonne quelques mots dans son micro et la voiture en avant s'arrête. Quelqu'un sort et se dirige vers Freddy. Je lis la panique sur le visage de mon fils et, pendant un moment, je crois qu'il va prendre la poudre d'escampette. Il tient une enveloppe dans ses mains et porte un sac à l'épaule. On l'invite à monter dans la voiture de devant. Il jette un coup d'œil vers nous. Il a compris. Je respire. La cavalcade se dirige ensuite vers l'arrière du bâtiment.

Mamadou se penche vers moi et met sa main sur mon avant-bras. Est-ce que je veux toujours me rendre ? Je sonde les autres. On arrête ou on continue ? Le cortège s'immobilise et la portière est ouverte par une personne qui tient un parapluie. Ping, Mamadou, Fanny et Lilly m'interrogent du regard. On se rend ou on fonce ? *Les œufs sont bien cuits, madame.* C'est Mamadou qui a parlé. Il est temps de marcher.

Je pose le pied dehors, lève les yeux et vois Freddy, tout sourire, tenir le parapluie et me tendre la main. Derrière lui, quatre autres personnes attendent avec des parapluies. La dernière demande à avoir nos passeports. Sans réfléchir, comme si je me jetais dans un lac la tête la première sans en connaître la profondeur, je dis au responsable protocolaire que la première dame en jaune et vert tient tous les passeports. Fanny lui tend l'enveloppe alors que Freddy lui présente le sien et celui de Loulou.

Nous sommes conduits vers un salon privé. L'éclairage est tamisé, ce qui fait bien notre affaire. Sur les tables basses en bois d'acajou, des bols de cacahuètes et de bretzels sont joliment disposés sur de petites serviettes brodées de fils d'or. Une préposée vient nous offrir des débarbouillettes mouillées pour nous laver le visage et les mains. Mamadou et Freddy acceptent avec plaisir, mais toutes les premières dames refusent gentiment, ce qui laisse la préposée perplexe. Nous nous installons sur les sofas en cuir noir. La télévision est allumée. Lilly prend la télécommande et syntonise la chaîne de nouvelles privée. Le chef d'antenne parle d'une femme qui vient d'être arrêtée dans un quartier huppé de la ville, ne portant que ses sous-vêtements et un foulard jaune et orange sur la tête. *La femme, qui prétend être la première dame d'un pays, a été envoyée à l'institut psychiatrique pour y être évaluée. Si quelqu'un reconnaît cette dame et peut nous donner des informations…*

— Ah, bordel! Qu'est-ce qui va lui arriver? Elle n'est pas…

Je n'ai pas le temps de finir ma phrase. L'image qui apparaît dans le petit cadre à côté du chef d'antenne est celle de ma maison! On y voit la police, des gyrophares, plein de journalistes et de caméras de télévision. Tout à coup, la présentatrice s'arrête de parler et se retourne. Sortent sur le perron Johanne, un nichon à l'air, et Robert, le zizi pendouillant, rose et rouge. Circoncis. « Nous essayons toujours de comprendre ce qui se passe, mais on peut penser à un coup d'État. La police recherche activement… »

La porte s'ouvre. Deux policiers entrent et nous demandent de les suivre. Ça y est. Nous sommes pris. Je m'attendais à être arrêtée d'une minute à l'autre, comme si je jouais à ce jeu où on doit se mettre le visage dans un cadre tout en tournant un bouton. Chacun tourne le bouton d'une coche, jusqu'à ce que la spatule contenant de la crème fouettée, ou tout autre produit, lui beurre la face. Nous avons atteint la dernière coche. Un policier se place devant nous, l'autre attend que nous sortions tous et nous suit. Nous empruntons un corridor extrêmement bien éclairé, ce qui laisse voir des bouts de peau blanche ici et là sur notre visage, sur nos mains surtout. Je ne sais plus où les mettre. J'avais apporté le maquillage noir au cas où cela arriverait. De toute façon, ça ne sert plus à rien de se cacher, maintenant que le pot aux roses a été découvert. Je marche derrière le groupe et je peux sentir les autres avancer, la mort dans l'âme; même si je ne vois pas leur visage, je peux l'imaginer. Au bout du corridor, nous arrivons à une porte massive chromée avec un quadrillage bleu en métal au milieu, comme celui qu'on trouve dans les prisons. Ça y est. C'est fini. Qu'ai-je fait? Pourquoi au juste? Lilly avait raison. J'aurais dû tenter l'expérience seulement avec Robert, et sans alcool. Mais je n'aurais peut-être pas découvert sa vraie nature…

Le policier qui est devant presse sur un bouton, lève les yeux vers un coin du plafond et fait un signe à la caméra qui s'y trouve. Une sonnette retentit. Il pousse sur la porte. Tout le monde entre et, lorsque je pénètre dans la pièce, je m'aperçois que nous sommes en fait dans un vestibule pour attendre un véhicule qui nous amènera à l'avion. Le douanier derrière le comptoir écoute la télévision, réglée sur le canal du diffuseur public. On parle du ministre des Finances. Je fixe l'écran. Le douanier s'en aperçoit et dit que la femme du ministre des Finances est activement recherchée. Je murmure à l'oreille de Lilly :

— Sortons d'ici au plus sacrant.

Il s'avère que les deux hommes qui nous escortaient n'étaient pas des policiers, mais de simples douaniers. L'un d'eux nous remet nos passeports, étampés. Pas une question. Pas une remarque. Des automates. Pourtant, il me semble qu'autant de pouvoir devrait susciter plus d'interrogations. Mais non. Ainsi, plus on est pauvre, plus la montagne de questions est imposante ; plus on est riche, plus les questions, les taxes et les obligations disparaissent. Nous vivons dans un monde de fous.

Nous montons tous dans le somptueux bus : sièges en velours rouge, cendriers dorés, petits rideaux individuels brodés de fils argentés. Est-ce vraiment nécessaire d'avoir de tels véhicules de luxe pour transporter des invités sur cent mètres ? Ping sourit. Mamadou aussi.

— Pourquoi souriez-vous ?

Les deux se toisent.

— Cela fait plusieurs fois que nous sommes témoins d'un réveil, répond Ping.

— Un réveil ?

— Nous trouvons drôle que les gens qui sont impliqués dans les inepties comme celles que vous venez de décrire ne voient pas l'ironie dans laquelle ils vivent.

Elle marque une pause, regarde Mamadou, qui ferme les yeux en signe d'approbation, et termine sa pensée.

— Vous vous êtes réveillée, madame Joséphine. Habituellement, les domestiques gagent sur les gens pour qui ils travaillent, pour prédire s'ils prendront conscience un jour de l'ironie et de l'ineptie de leur vie. Dans votre cas, ni l'un ni l'autre n'avions voulu parier, parce que nous avions vu tous les deux votre potentiel. Vous n'appartenez pas à la haute société, madame. Vous avez trop de noblesse et d'intégrité pour cela.

Tout le monde pouffe de rire. L'appareil de luxe s'arrête. Deux préposés nous accueillent avec des parapluies. Ces gens font leur travail les yeux fermés, et c'est tant mieux, car notre maquillage est plutôt zébré. Nous montons dans le jet présidentiel. La porte de la cabine de pilotage est ouverte et, au passage, j'y entrevois deux hommes penchés sur une tablette électronique en train de discuter. Je souffle à l'oreille de Mamadou :

— Où allons-nous ?

Sûrement en Afrique, madame.

— Oui, mais où ? Il y a cinquante-quatre pays en Afrique.

Mamadou sourit. Aussitôt, il se redresse, bombe le torse et demande à l'agente de bord de lui apporter le plan de vol. La dame acquiesce.

— Oui, Votre Excellence.

L'intérieur ressemble à un salon de thé de luxe. Tout brille. Les sièges sont des fauteuils club en cuir épais jaune doré. Avant de nous y carrer, je suggère aux premières dames de passer aux toilettes pour refaire notre maquillage, et je dis sur un ton plus bas que ce n'est pas parce qu'on s'en va en Afrique qu'il faut avoir l'air de zèbres. Je suis sur le point de demander où se trouvent les commodités quand je me ravise. Je suis censée le savoir, puisque c'est mon avion ! Je fonce vers le fond en ayant l'air de savoir où je vais, et un agent de bord se précipite pour m'ouvrir une porte, sans que j'aie à le lui demander. Ce sont effectivement les toilettes. En fait, c'est une salle de bain complète, avec des lavabos et une baignoire en or, et des murs tapissés de miroirs. Cela me prend quelques secondes à absorber toute cette opulence. Je m'enduis le visage et les mains de noir. Ping, Fanny et Lilly me suivent et rafraîchissent leur teint. Lorsque nous revenons dans la cabine, deux agents de bord s'entretiennent avec le président Mamadou, l'un d'eux avec la tablette électronique du pilote. Mamadou y pointe quelque chose et parle d'un air hautain, puisque la condescendance fait partie du pouvoir et que, sans elle, les agents de bord pourraient trouver ça louche. Mamadou a assez vécu avec les diplomates pour savoir les imiter. Et il le fait à merveille. Je m'installe à côté de mon « mari » et j'ai l'impression d'être calée dans un nuage. Le coussin est certainement rempli de duvet de canard ou d'oie. L'édredon aussi, dont la housse est tissée d'un coton égyptien d'au moins huit cents fils. Aussitôt, l'agent de bord arrive avec des débarbouillettes chaudes et mouillées à l'eau de rose et de lavande. Il n'y a que Mamadou qui accepte, évidemment.

Freddy et Loulou – l'attaché de presse et le garde du corps – ont été placés au fond de la cabine, où ils occupent deux sièges d'avion normaux, comme ceux qu'on trouve en classe économique. C'est bien curieux, puisque l'horaire des employés est toujours très chargé et comporte toujours une heure ou deux de plus d'éveil que le président. Ils mériteraient, aussi, des fauteuils confortables, il me semble.

Mamadou me souffle à l'oreille que nous nous dirigeons vers l'île Maurice, avec un arrêt pour faire le plein en Côte d'Ivoire. Il veut rentrer chez lui. *Ma carrière est finie, de toute façon, madame.* Je prends sa main et la serre.

— Je ne sais pas quoi dire, Mamadou. Je suis désolée.

Il sourit. Il est en fait très content de la tournure des événements. Il n'en pouvait plus de ce cirque.

Il veut retourner dans son village et rebâtir sa vie. Je saisis mon sac à main et sors l'enveloppe que Fanny a trouvée dans la voiture.

— Prenez cela. Il y a plus de cent mille dollars. Vous en aurez assez pour offrir des toilettes à votre maman.

Ses yeux s'écarquillent. Il ne veut pas accepter l'enveloppe, repousse l'argent. *C'est du vol, madame.*

— Pas du tout. C'est de la redistribution. Cet argent est illégal, de toute façon. Personne ne signalera sa disparition. Et le programme d'eau de votre pays a été annulé pour des raisons politiques.

Mamadou dit qu'il y a assez d'argent pour amener l'eau à tout le village, pas seulement à sa maman.

— Alors, tant mieux ! Vous avez du travail devant vous !

Il se cale dans son fauteuil, ferme les yeux et tombe endormi avec un sourire sur le visage. C'est la première fois que je le vois si détendu.

Nous faisons le plein en Côte d'Ivoire et Mamadou nous quitte. Je le vois disparaître dans la voiture de luxe qui l'attendait. Il a promis de nous donner des nouvelles.

Nous atterrissons à l'île Maurice neuf heures plus tard. Fanny, Lilly, Ping et moi avons dû dormir sans bouger, pour éviter de salir les couvertures et nos réputations. La vérification de nos passeports n'est qu'une formalité. Le message qu'on a envoyé est que les femmes du président seront en vacances pendant une semaine, avant de retourner dans leur pays. Nous jouons le jeu jusqu'à la sortie de l'aéroport. Une limousine nous attend. Freddy, jouant le rôle d'attaché de presse à merveille, donne l'adresse des parents de Ping au chauffeur, à qui nous donnons congé une fois que nous sommes arrivés.

Les parents de Ping ne sont pas à la maison et c'est tant mieux. À tour de rôle, nous allons nous laver et redevenons blancs comme neige, sauf Ping, qui retrouve son teint jaunâtre normal.

Nous sommes libres. Mais ce n'est pas le cas de Robert et de ses invités.

11

LA NOUVELLE VIE

Le restaurant *La Clé des chants* surplombe la mer. Une dizaine de clients dégustent leur repas sur la terrasse. Fanny, enceinte de six mois, et Lilly font le va-et-vient entre la cuisine et les tables. Freddy joue pour les clients avec le groupe qu'il a formé avec des gens du coin, deux musiciens et une chanteuse. Il enseigne aussi la musique aux enfants de l'île. Et moi, j'ai retrouvé mes amours d'antan : je cuisine alors que Ping décore les plats. Voir tout ce monde heureux me remplit d'un bonheur sans nom. Surtout mon beau Freddy d'amour, épanoui, mignon. Ah oui ! Il s'est laissé repousser les cheveux.

— Dis-moi, Fanny, comment avais-tu convaincu mon fils de se raser la tête ? Ça n'a pas dû être facile !

— Au contraire, madame Jojo. Ce fut très simple. Ma mère souffre du cancer et, pour chaque tête rasée – et sac de cheveux –, la Société du cancer verse de l'argent pour la recherche.

— Et les cheveux ?

— On en fait des perruques ! J'en ai fait faire une pour ma mère avec les cheveux de Freddy.

— C'est pour cette raison qu'elle ne sort jamais ?

— Non, pas du tout. Elle va souvent dehors, mais pas avec mon père.

— Pourquoi ?

— Madame Jojo, sortiriez-vous avec un homme qui trimballe sa maîtresse avec lui partout ? Surtout si la maîtresse en question est un bouledogue ?

Nous parlons très rarement du grand souper où tout a changé. À part Samuel et Charlotte, qui ont regagné leurs pénates, la vie de tous les autres a été chambardée. J'ai gardé les coupures de journaux et en ai fait un album que je feuillette de temps à autre, comme si je visitais une autre vie. À notre arrivée à l'île Maurice, Lilly et Loulou ont passé deux jours à faire le ménage des cellulaires de nos invités. Elles ont ensuite publié tous les messages privés entre le premier ministre, le maire, le chef de police, le chef des médias et Robert, en passant par une douzaine d'adresses IP, pour éviter d'être retracées. En moins de vingt-quatre heures, les cinq hommes étaient arrêtés, accusés de fraude, de corruption, de vol, de faux, de détournement de fonds et de trahison envers le peuple. Les mensonges propagés par le chef des médias ont été mis au jour. En moins d'une semaine, des élections ont été organisées.

Le plus étonnant dans tout ça, c'est que personne n'a su pour le cannabis. On a plutôt parlé d'abus de boisson et de drogue, car il y avait de la cocaïne dans les poches du premier ministre et dans les narines de madame Line, du crack dans les poches du maire, de l'héroïne et du pot dans les poches du chef de police, en plus d'une liste de relations contenant les noms de collègues et de membres du crime organisé impliqués dans le commerce de drogue. Rapidement, les médias ont parlé de ma disparition comme une réponse normale à la terrible honte dont m'a couverte mon mari. En effet, Robert et notre premier ministre dessinaient les politiques et finançaient les programmes selon les compagnies qui remplissaient les coffres du parti ou leur compte personnel dans les paradis fiscaux. Plusieurs messages entre les deux hommes indiquaient comment duper la population, avec la complicité du grand Barré. D'autres décrivaient comment arrêter les programmes environnementaux qui empêchaient les compagnies de faire de l'argent, surtout celles des combustibles fossiles. À ce sujet, beaucoup de messages expliquaient la nécessité d'écraser le plus possible l'émergence des énergies renouvelables, puisque, de ce fait, elles ne permettent pas de se remplir les poches comme on le fait avec le pétrole.

Aussitôt l'annonce de l'arrestation du premier ministre et de son ministre des Finances, les marchés boursiers de notre pays se sont effondrés. Et puisque c'est un des pays les plus importants au monde, les bourses de la planète en ont subi les contrecoups. Les cours des actions des compagnies mentionnées dans les commentaires ont chuté, leurs possesseurs ont tout perdu et ont déclaré faillite. Les gens sont sortis dans la rue et les manifestations se sont répandues à travers le monde comme un feu de paille. On réclame la démission de plusieurs présidents et directeurs de compagnies, la fin de l'injustice et une punition sévère pour quiconque est jugé coupable de corruption. Les masses exigent aussi la gratuité scolaire jusqu'à la fin de l'université, la transition vers des énergies renouvelables et la fin de toute transaction impliquant des armes. Les compagnies de combustibles fossiles ont presque tout perdu. Les guerres commencent à s'essouffler, puisqu'elles sont orchestrées par un groupe de gens qui devraient être décrits comme des psychopathes mais qui possèdent les banques qui contrôlent les gouvernements et les médias, et que cette élite vient d'être démasquée. La planète entière se cherche un nouveau chemin.

Moi, je l'ai trouvé ici, sur le bord de l'océan Indien, lorsque j'ai pris la clé des champs. Je serai bientôt grand-maman. Aussitôt que ce sera fait, nous irons tous en Afrique du Sud célébrer l'union de Lilly et Loulou, qui pourront se marier légalement. Je suis heureuse dans mon petit resto, avec tout ce beau monde. Je prends mon muffin au cannabis chaque jour et mes symptômes de la ménopause disparaissent, incluant les terribles et handicapantes bouffées de chaleur. D'ailleurs, je fais un commerce silencieux de « ménomuffins », qui se vendent comme des petits pains chauds. Toutes les ménopausées de l'île sont abonnées aux « muffins naturels » et plus aucune femme ne prend d'hormones. La vente de somnifères a également beaucoup baissé et les hommes veulent aussi manger ces muffins, car ils disent être plus conciliants et patients au travail. De bonne humeur aussi. Le resto est reconnu pour son menu exotique, pour sa musique et même pour sa vaisselle, les gens ayant le choix, moyennant un léger supplément, de partir avec leurs assiettes. Ah oui! Loulou est potière. C'est elle qui fabrique notre vaisselle.

La journée est terminée. Les derniers clients viennent de partir. Je prends une tisane sur la terrasse, face au soleil couchant. Lilly arrive avec un verre de vin. Et une lettre.

— C'est de qui?

— De Mamadou. Tu veux que je te la lise?

— S'il te plaît, Lilly.

Je ferme les yeux. Et je me l'imagine.

Très chères amies,

La vie est un long voyage. Le mien m'a ramené près de ma mère, de mes neveux et nièces et de mes concitoyens. J'ai été élu maire de mon village après avoir parlé pendant des mois d'un plan pour amener l'eau dans chacune des maisons, mais surtout à l'école. Le lendemain de mon élection, ma secrétaire a « trouvé » une enveloppe contenant cent vingt-cinq mille dollars sur mon bureau. J'ai rempli les coffres qui avaient été vidés par l'ancien maire. Nous avons maintenant presque fini le système d'aqueduc et de canalisation de notre village. Je rencontre les citoyens une fois par mois et j'ai aussi entrepris de mettre sur pied un orchestre philharmonique. Le crime a déjà commencé à diminuer chez les jeunes, car on les écoute et on leur donne quelque chose à faire. Je me pince parfois pour être certain que tout cela n'est pas un rêve, que j'ai vraiment participé au grand repas qui a changé la planète, qui a exposé la politique pour ce qu'elle est : un cirque. Merci infiniment pour ça.

Je pense à vous.

Mes chaleureuses salutations, mesdames, et particulièrement à vous, madame Jojo.

Mamadou

Le soleil se glisse dans ses draps. Lilly se lève.

— Tu vas te coucher ?

— Non, je reste un peu. Merci, Lilly.

Elle me souhaite bonne nuit. Je prends une gorgée de ma tisane. J'entends la guitare résonner dans la hutte de Freddy. Puis son rire, profond. Cela me fait sourire. Son bonheur me rend heureuse. Je le lui dirai demain.

L'auteure a laissé un indice quant au sexe du curé, bien avant qu'il se dévoile. Si vous le découvrez, laissez votre réponse sur son site web, où vous trouverez les indications à suivre : www.luciepage.com

POSTFACE

En février 2016, je suis presque morte.
Je suis partie trois semaines en Inde, sans mon
médicament. Au bout de dix jours, j'avais maigri
de 4,5 kg et je n'avais dormi qu'une vingtaine
d'heures, à raison de deux heures par nuit, cinq
ou dix minutes à la fois. J'avais commencé à avoir
des accidents, à foncer dans les murs, à tomber
dans les escaliers. Je pleurais pour rien. Pour tout.
J'ai compris, entre autres, comment l'insomnie
pouvait devenir mortelle. J'ai consulté plusieurs
médecins – homéopathiques et ayurvédiques.
L'un d'entre eux m'a dit que si j'étais morte, on
aurait inscrit comme cause de décès « crise cardiaque » ou « accident vasculaire cérébral » ou simplement « accident » ou même « suicide », mais pas
la vraie raison : ménopause.
    Je souffre de la forme la plus sévère de méno-
pause. J'ai des chaleurs aux vingt minutes qui
durent entre trois et cinq minutes chacune, et qui
sont parfois si puissantes que j'en vomis ; les draps
du lit sont à tordre le matin, puisque je perds en

moyenne deux kilogrammes d'eau la nuit. J'ai soif. J'ai toujours envie. Le bruit m'énerve. J'oublie. Je déprime, je cherche pourquoi et ne trouve pas. Ça m'exaspère. Je n'ai plus de concentration, de libido, ni de joie de vivre.

Le médecin avait déjà entendu parler de cette forme extrêmement sévère de ménopause, mais n'avait jamais rencontré de femme encore vivante pour en parler. Je lui ai indiqué que je ne prenais plus d'hormones depuis presque deux ans, puisque de l'activité pas catholique s'était développée sur mes ovaires. L'oncologue m'avait dit à l'époque : « Stop les hormones ! » Mais c'est l'enfer sans le timbre hormonal ! Je n'avais plus de vie. Je prenais quatre sortes de médicaments qui me gommaient terriblement – des antidépresseurs, deux sortes d'anxiolytiques, des somnifères. J'étais très rentable pour l'industrie pharmaceutique, mais je ne fonctionnais plus. Jusqu'à ce que je trouve, après deux mois de calvaire sans les hormones, un médicament – une plante –, qui a éliminé TOUS mes symptômes et qui m'a redonné une vie complètement normale.

— Depuis quand prenez-vous ce médicament ? m'a demandé une autre médecin que j'ai consultée.

— Depuis décembre 2014.

— Et pourquoi ne l'avez-vous pas apporté ?

— Parce que je ne peux pas voyager avec et que surtout, dans votre pays, il est illégal.

— Ah bon ? De quoi s'agit-il ?

— De cannabis.

Son visage a changé du tout au tout. Elle a pitonné sur son clavier, a froncé les sourcils, a tourné l'écran vers moi et m'a montré les graves dangers de cette plante. C'était inscrit, là, en noir et blanc, devant mes yeux, sur des documents solennels. Les mêmes mots qu'on utilise partout pour démoniser cette plante, ceux inventés pour des rapports officiels, pour nourrir une économie tordue. Et puis elle a dit :

— Le pire, c'est que vous pouvez devenir une maniaque sexuelle. Et puisque vous voyagez sans votre mari, peut-être serez-vous tentée par...

Elle n'avait pas fini sa phrase que j'ai réalisé l'ampleur de la lutte à mener.

J'ai quitté l'Inde amaigrie et faible. En rentrant à la maison, j'ai pris l'équivalent d'un grain de riz d'huile brute de cannabis décarboxylée (c'est-à-dire dont les composants ont été activés). Un tout petit grain. Au bout de quatre-vingt-dix minutes, tous les symptômes avaient disparu, pendant douze heures. J'étais redevenue normale.

Deux grains de riz d'huile par jour et je dors bien. Je suis de bonne humeur. Je suis fonctionnelle, productive. Et mon entourage peut aussi respirer à nouveau, car autrement je ne suis vraiment pas supportable.

Je suis une patiente légale au Canada, pays où nous n'utilisons le cannabis que pour traiter des symptômes – surtout la douleur, les nausées et les tremblements –, mais pas pour guérir des maladies. De plus, il est extrêmement difficile de trouver de l'huile brute au Canada. J'achète donc la plante à l'état naturel (de producteurs légaux fournis par mon médecin), avec laquelle je fais des biscuits. C'est plus long et compliqué comme méthode, moins précise aussi, mais le résultat est le même.

Ironiquement, en Afrique du Sud, où le cannabis est toujours illégal (le producteur d'huile risque sa liberté chaque jour), on est beaucoup plus avancé quant à l'utilisation de cette plante. Je me suis retrouvée dans un cercle d'environ mille personnes. Beaucoup des gens du groupe utilisent le cannabis pour soigner un cancer ; certains sont guéris, même après avoir reçu un diagnostic de quelques semaines à vivre... il y a des années. Pas tous, ce n'est pas un remède miracle ! Le taux de guérison du cancer des patients de notre producteur d'huile est de cinquante pour cent. Quand on sait qu'il est d'environ deux pour cent pour la chimiothérapie, on ne peut pas, on ne doit pas garder toutes ces guérisons sous silence ! Et quand les grands laboratoires de ce monde et même l'Institut national du cancer américain avouent que des composants de la plante de cannabis tuent les cellules cancéreuses, il faut enquêter, étudier, comprendre. Utiliser ! D'un côté, le gouvernement américain nie les valeurs thérapeutiques du cannabis et, de l'autre, il accorde des brevets pour son utilisation médicinale (notamment le brevet *US Patent 6630507*).

Dire que c'est de l'hypocrisie serait un euphémisme. Ce devrait être notre droit, pas celui de l'industrie, de choisir entre la chimiothérapie et l'huile de cannabis.

Et à la sempiternelle question «Es-tu *stone?*», la réponse est non. Je n'en prends pas assez pour cela (0,1 g deux fois par jour). Le seuil de tolérance au THC varie énormément d'une personne à l'autre. On peut ressentir des effets euphorisants avec une infime fraction d'un grain de riz. Alors que pour d'autres personnes, il en faut plusieurs grains. Les gens qui doivent prendre des doses importantes, pour le cancer par exemple – environ un gramme d'huile brute ou plus par jour –, ressentent les effets du THC. Certains ne peuvent pas tolérer cette dose, alors ils se servent de suppositoires. Dans ce cas, l'effet du THC est grandement atténué et n'est presque pas ressenti, mais il fait son travail anticancéreux quand même.

Dans mon groupe se trouvent aussi des gens qui souffrent de Parkinson, de glaucome, de sclérose en plaques (une femme a vu les lésions sur son cerveau diminuer de moitié), de désordres liés à l'anxiété et à la dépression, d'arthrite, de la maladie de Crohn (plusieurs en sont guéris), de troubles de déficit de l'attention (des jeunes fonctionnent mieux qu'avec le Ritalin), d'épilepsie ou du syndrome de Dravet. J'ai enseigné le piano (ou plutôt développé la motricité en utilisant le piano) à un garçon souffrant de ce dernier syndrome.

Ces enfants font entre deux cents et trois cents crises épileptiques par jour. En retirant un composant de la plante, le CBD (ils n'ont pas besoin du THC), le nombre de crises diminue à deux par mois! Et on veut les priver de ça? D'une qualité de vie extraordinaire?

J'ai le choix entre risquer le cancer, risquer la mort par folie ou par accident et risquer la prison. Que choisiriez-vous?

Le cannabis a été illégal pendant moins d'un pour cent du temps depuis le début de son utilisation. Nous vivons présentement dans ce petit pourcentage illégal de son histoire. L'information au sujet du cannabis qu'on trouve dans ce livre ne relève pas de la fiction. Malheureusement, le cirque de la politique non plus. Et si les gens de pouvoir avaient vraiment les intérêts et la santé de la population à cœur, on changerait dès demain matin, aux Nations Unies, la classification erronée de cette plante comme drogue dangereuse. Elle était, avant que la politique s'en mêle, utilisée pour traiter plus d'une centaine de maladies et de symptômes.

La science l'a prouvé catégoriquement: le cannabis possède d'importantes valeurs thérapeutiques, tant palliatives que curatives.

Je le sais, je lui dois ma vie, comme tant d'autres.

Lucie Pagé, août 2016.

P.-S. En ce qui concerne le côté récréatif de la chose, j'aimerais savoir qui a dit que l'euphorie provoquée par l'alcool est plus acceptable que celle causée par le pot. Surtout en sachant que l'alcool ne traite ou ne guérit aucune maladie !

f Restez à l'affût des titres
à paraître chez Libre Expression
en suivant Groupe Librex :
facebook.com/groupelibrex

edlibreexpression.com

Cet ouvrage a été composé en ITC New Baskerville 12,25/15,3
et achevé d'imprimer en août 2016 sur les presses
de Marquis imprimeur, Québec, Canada.

garant
des forêts
intactes"

procédé sans
chlore

100 % post-
consommation

archives
permanentes

énergie biogaz

Imprimé sur du Rolland Enviro 100 % postconsommation,
fabriqué à partir de biogaz, traité sans chlore,
certifié FSC et garant des forêts intactes.